Only Sense Online
オンリーセンス・オンライン 19
「ん〜っ！甘くて汁気が多く
しい」
ミュウ Myu
片手剣と白魔法を使いこなす聖騎士。
女子会に参加するついでに
ユンの果樹園を満喫中!!

「マギさん、こんにちは」
「……むぐっ、こんにちは、です」
レティーア Letia
森の民・エルフの姿をした調教師。
クロードのお店のお菓子に夢中
ユン Yun
【アトリエール】を経営する生産職。
【蘇生薬】の改良に使う素材を捜索中

「ごめんね、遅れて。」
マギ Magi
トップ生産職のひとりで武器職人。
【生産ギルド】拡張のために奮闘中
エミリオ Emilio
【錬金】と【合成】系の生産職。
【素材屋】としてユンに協力中

「ユンくん、早速手に入れたのね！
私も負けていられないわ！」

Only Sense Online 19
―オンリーセンス・オンライン―

アロハ座長

ファンタジア文庫

2968

口絵・本文イラスト　ｍｍｕ
キャラクター原案　ゆきさん

Only Sense Online

クエストチップと個人フィールド

Only Sense オンリーセンス・オンライン Online 19

Only Sense Online Area Map
廃村
恐竜平原
飛竜山脈
桃藤花の樹
ホリア洞窟
クリス洞窟
第二の町
暗い森
墓地
湖
海
孤島

火山
北の町
高原&グランドロック
鉱山
山脈
第三の町
第一の町
小さな泉
湿地
迷宮街
荒野
N
砂漠

Character

ユン Yun

最高の不遇武器【弓】を選んでしまった初心者プレイヤー。見習い生産職として、付加魔法やアイテム生産の可能性に気づき始め——

ミュウ Myu

ユンのリアル妹。片手剣と白魔法を使いこなす聖騎士《パラディン》で超前衛型。β版では伝説になるほどのチート級プレイヤー

マギ Magi

トップ生産職のひとりとしてプレイヤーたちの中でも有名な武器職人。ユンの頼れる先輩としてアドバイスをくれる

セイ Sei

ユンのリアル姉。β版からプレイしている最強クラスの魔法使い。水属性を主に操り、あらゆる等級の魔法を使いこなす

タク Taku

ユンをOSOに誘った張本人。片手剣を使い軽鎧を装備する剣士。攻略に突き進むガチプレイヤー

クロード Cloude

裁縫師。トップ生産職のひとりで、衣服系の装備店の店主。ユンやマギのオリジナル装備クロード《C》・シリーズ《S》を手がけている

リーリー Lyly

トップ生産職のひとりで、一流の木工技師。杖や弓などの手製の装備は多くのプレイヤーから人気を集める

序章　回復量制限と聞き込み調査

夏休みも中盤《ちゅうばん》に差し掛《か》かり、学校からの宿題も殆《ほとん》どが終わっている。

そして今、最後の問題を解いているところだ。

「よし、これで宿題は全部終わりっと。さて、ＯＳＯにログインしようかな」

ここ最近の俺は、朝の涼《すず》しい時間帯に宿題や家事を済ませ、午後の暑い時間帯にクーラーの利《き》いた部屋でＯＳＯにログインするのが日課となっている。

「これで心置きなく、ＯＳＯのイベントを楽しめるな」

そう呟《つぶや》く俺は、手に取ったＶＲギアを頭に被《かぶ》ってベッドに横になり、ログインする。

そして、ＯＳＯにログインして【アトリエール】の工房《こうぼう》部に降り立った俺は、メニューを開き、イベントの目標を確認《かくにん》する。

「目標は、【個人フィールド所有権】の交換《こうかん》に必要な銀のクエストチップを75枚集めることだな」

ＯＳＯでは現在、一周年アップデートと同時に、金銀銅の三種のクエストチップイベントが開催《かいさい》されている。

三種のクエストチップイベントとは、クエスト毎《ごと》に設定されている副報酬《ほうしゅう》のクエストチップを集めて、景品のレアアイテムと交換できるイベントのことだ。

夏休みの前半には、興味のある一周年のアップデート内容を楽しんでいた。

夏休みの宿題を終えた現在、徐々《じょじょ》にクエストチップイベントの開催期間が減っていくので、そろそろ本腰《ほんごし》を入れるつもりだ。

「今の手持ちのクエストチップは——銀チップ14枚と銅チップ１０８枚かぁ。先は長いなぁ」

イベントのアイテム交換で【ギルドエリア】と交換したセイ姉《ね》ぇやミカヅチたちから効率のいいクエストを教えてもらい、コツコツとクエストを受けていた。

その結果、クエストチップをそこそこ集めることができた。

「さて、今日も頑張《がんば》るとするか」

そうして、まずは日課の【アトリエール】の在庫を確認する。

現在ＯＳＯでは、一周年による新規プレイヤーの増加や夏休みというログインしやすい期間、期間限定のクエストチップイベントの開催などで、毎日多くの消耗品《しょうもう》が使われている。

なので、逐一《ちくいち》在庫をチェックして、足りないアイテムを生産しないといけない。

「それにしても、随分《ずいぶん》と作業が楽になったよなぁ――《調合》」

最初の頃《ころ》は、調合スキルによるアイテム生産よりも、プレイヤーメイドの方が高品質なアイテムを作れた。

作成するアイテム数が少ないために全《すべ》て手作りでやっていたが、作成アイテムの種類が増えた現在では、一度作った高品質アイテムのレシピをＭＰを消費して【調合】スキルで再現して作っている。

最初の頃のスキルによる再現生産は、【調合】センスのレベルやＤＥＸステータスの関係からか、成功率が微妙《びみょう》だった。

現在では、上位の調合レシピ以外は、スキルによる再現生産がほぼ完璧《かんぺき》になった。

素材さえ揃《そろ》っていれば、スキルによる一括《いっかつ》生産ができるので負担も少なく、その素材も【アトリエール】の薬草畑で育てている。

そして、スキルによる再現生産の成功率が低い上位レシピは、俺の手で一つずつ丁寧《ていねい》に作る。

「よし、足りない分の補充《ほじゅう》は完了《かんりょう》っと。それじゃあ、クエストチップを集めに――『ユンさん、お客様ですよ』――キョウコさん、今行くよ！」

これからクエストチップ集めに出かけようと意気込んでいたところに、NPC《ノン・プレイヤー・キャラクター》のキョウコさんから来客の声が掛かり、ひっそりと溜息《ためいき》を吐《つ》く。

「全く、誰《だれ》が来たんだ？　って、タクたちか……」

俺は、【アトリエール】の工房部から店舗《てんぽ》部に繋《つな》がる扉《とびら》を開けると店内にいたタクたちが目に入る。

タクはカウンター席に座ってキョウコさんが淹《い》れたお茶を飲んで待ち、ガンツとケイが商品棚《だな》を確認して購入《こうにゅう》するアイテムを選び、ミニッツとマミさんはアクセサリーのショーケースを眺《なが》めて、楽しそうに話をしていた。

「ユン、【張替小槌《はりかえこづち》】での武器の追加効果の付与《ふよ》を頼《たの》みたいんだけど、今いいか？」

尋《たず》ねてくるタクに対して俺は、苦笑《くしよう》を浮《う》かべながら頷《うなず》く。

「これからクエストチップ集めに行こうと思ったけど、分かった、引き受けるよ」

俺がそう言って、タクから【張替小槌】に使う武器と素材、そして追加効果の組み合わせを指定したメモを受け取る。

この【張替小槌】は、一周年のアップデートで追加されたアイテムで、装備の追加効果を別の装備に移し替《か》える効果がある。

そんなアイテムを渡《わた》してくるタクに対して俺は、若干不機嫌《じゃっかんふきげん》そうに言葉を交《か》わす。

「けど、タクが全然来ないから、忘れたのか別の生産職に頼んだのかと思ったぞ」

「悪かったって。ただ、【張替小槌】に使う武器の追加効果を揃えるのに手間取ったんだ。まぁ、クエストチップ集めやアップデート要素も確かめたりとかしてたけどな」

「ふぅ～ん。まぁ、いいけどさ」

俺は、タクの言い訳をジト目になりながら聞き、追加効果を移し替える準備をしていく。

「それにしても、タクが頼む武器は、数が多いな。素体の武器が三本って……」

ミュウと一緒《いっしょ》に【張替小槌】を使った時は、どういうコンセプトの装備を作るか相談しながら進めたが、今回はタクがその追加効果の組み合わせを全て指定してくる。

タクは、状況《じょうきょう》に応じて武器を切り替えて戦う二刀流の剣士《けんし》のプレイスタイルだ。

そのために、【張替小槌】で作る武器の数は多い。

「悪いな。メインウェポンはマギさんに預けたけど、限定的な状況でしか使わない武器は、ユンの方に持ち込むことにしたんだ。とりあえず、三本頼む」

「とりあえずって、まだ増えるのかよ。まぁ、これくらいなら引き受けるよ」

俺は早速《さっそく》、指定された追加効果をタクが持ち込んだ武器の素体に移し替えていく。

通常の付与は、対応する武器種類に応じた生産センスを装備して、強化素材を消費して付与する。

だが、この【張替小槌】での付与の移し替えは、特に生産センスによる武器の付与制限がないために気楽に話しながら作業を進める。

「そう言えば、ユンは、クエストチップ集め進んでるか？」

「うーん。ぼちぼちかなぁ。今大体目標の３分の１くらい」

三種類のクエストチップは、両替所《りょうがえじょ》で別のクエストチップに変換《へんかん》できる。

銅チップ10枚で銀チップ１枚、銀チップ４枚で金チップ１枚の交換レートなので、俺の手持ちのクエストチップは、銀チップ24枚相当である。

そう話している間に、一本目の武器の付与が完了する。

これは、火属性系魔法《まほう》を封《ふう》じる【封魔（火）】や【封魔（炎《ほのお》）】を纏《まと》め、更《さら》に【自動修復】と【耐久力向上《たいきゅうほ》】の追加効果を組み込んだものだ。

「確かユンが欲しいのは、【個人フィールド所有権】だよな。効率のいい討伐《とうばつ》クエストを手伝うか？」

タクからの提案に俺は、次の武器に追加効果の移し替えをしながら答える。

「その提案はありがたいけど今は、リーリーに【黒乙女《くろおとめ》の長弓《ながゆみ》】を預けてるんだよな」

装備の追加効果のスロット拡張キットである【エキスパンション・キットⅠ】を手に入

れ、メイン武器の【黒乙女の長弓】をリーリーに預けている。

そのために、タクに誘《さそ》われた討伐クエストをメイン武器が無い状態で受けるのは、遠慮《えんりょ》したいと思っている。

そうこう話している間に、二本目、三本目の付与を完了させて、タクに引き渡す。

「はい。これで終わりだ」

「それじゃあ、これはお代な。また素材とかが揃ったら頼むな」

「はいはい」

俺は、タクから装備への付与代金の60万Gを受け取ると、アクセサリーを見ていたミニッツが話し掛けてくる。

「ねぇ、ユンちゃん。ここのアクセサリーって追加効果の付与も受け付けてる？」

「強化素材や追加効果を移し替える装備を持ってきてくれたら、一回20万Gで対応するよ」

ミニッツとマミさんが見ていたのは、マギさんたち【生産ギルド】が主催《しゅさい》した【張替小槌】を使った装備の品評会のために作ったアクセサリーの素体だ。

品評会に出展したアクセサリーは一つだけだが、それ以外の素体は、こうして【アトリエール】のショーケースに並べて、追加効果の注文を受けていた。

ミニッツが見ていたのは、光属性の属性金属であるレイライト鉱石とミスリルの合金を使ったアクセサリーだ。

「それじゃあ、私の使っている古いアクセサリーの追加効果をこのミスリル合金のアクセサリーに移し替えてくれる？」

ミニッツは、自身の両手首に嵌《は》められたリングを見せてくる。

「分かった。それじゃあ、早速始めるよ」

俺は、ミニッツが外したアクセサリーを受け取り、【張替小槌】でレイライトとミスリルの合金のアクセサリーに追加効果を移し替えていく。

「はい。ミニッツのアクセサリーが完成したよ」

俺が完成したアクセサリーと追加効果を抜《ぬ》いた古いアクセサリーを返せば、ミニッツはホッと安堵《あんど》したような表情で受け取る。

「ありがとう、壊《こわ》れる前に追加効果を移し替えられて良かったわ」

「結構アクセサリーの耐久度が減っているけど、大事なものなのか？」

俺が尋ねるとミニッツは、気恥《きは》ずかしそうに教えてくれる。

「前に他《ほか》の生産職プレイヤーに作って貰《もら》ったんだけど、そのプレイヤーが引退しちゃってね」

どうやら、リアルの事情でＯＳＯを辞《や》めてしまった人らしい。

それ以来、そのアクセサリーを他の生産職に任せるのを躊躇《ためら》っていたが、長く使っていると耐久度も減って、近い内に壊れる可能性があった。

なので今回は、思い切って【張替小槌】で新しい素体に追加効果を移し替えて、残った古いアクセサリーの方は、記念として大事に残していくらしい。

「そっかぁ。一年の間には辞める人も居るよなぁ」

ＯＳＯが一年間続いている間に新規で始める人も居れば、リアルや個人的な事情で辞める人もいる。

幸い俺の知り合いたちの間で辞める人は居なかったが、これから誰かがＯＳＯにログインしなくなることを考えると、ちょっと寂《さび》しいような感じがする。

「もう、ユンちゃんが寂しそうな顔しないでよ。もしその生産職の人がＯＳＯに復帰したら、またこのアクセサリーの修理とアップグレード頼んで、また使えるようにしてもらうわよ」

どうやら俺は、ミニッツの話を聞いて少し寂しい気持ちが顔に出ていたようで、逆に励《はげ》まされてしまった。

「おっ、タクとミニッツの用件は終わったのか？　それなら、ユンちゃんにちょっと相談があるんだけどいいか？」

少しだけしんみりとした気持ちになっていたが、商品棚のポーションを眺めていたガンツの呑気《のんき》な声を聞いて、寂しい気分も吹《ふ》き飛んでしまった。

「どうした？　欲しい商品が決まったのか？」

「いや、大体は決まったけど、ここのやつより回復量の高い【蘇生薬《そせいやく》】ってないか？」

そう言うガンツが指差すのは、俺が用意した高品質な【蘇生薬】だ。

中間素材として使うポーションの素材やその性能、調合手順にまで拘《こだわ》った高品質な【蘇生薬】の効果は、蘇生時にＨＰ80％まで回復し、更に【再生】効果も付いた優《すぐ》れものだ。

「悪いな。【アトリエール】には、これ以上の性能の【蘇生薬】はないんだ。もしかして、俺の作った【蘇生薬】に問題があったのか？」

「いや、ユンちゃんが原因じゃなくて、俺たちの方が原因で不都合があるって言うか……」

なんとも歯切れの悪いガンツの言葉に俺が首を傾《かし》げると、ケイが代わりに説明してくれる。

「実は、【蘇生薬】にも回復量制限が掛《か》かるようになったんだ」

「えっ、そうだったのか!?」

ケイからの思わぬ言葉に、俺が驚《おどろ》く。

ポーションなどの回復アイテムには、センスのレベル上昇《じょうしょう》で取得するＳＰ《センス・ポイント》が一定数を超《こ》えると回復アイテムの回復量が制限されていく。

そのために、一定以上強くなったプレイヤーは、回復量制限の掛かっていない上位のポーションに切り替えながら使っていく必要がある。

まさか、その流れが【蘇生薬】にもやってきたとは――

「気付かなかった。でも、いつ頃《ごろ》からなんだ？」

「分からないが、気付いたのはつい最近だ。もしかしたら、一周年のアップデート時かもな」

「蘇生薬の回復量制限って言っても、効果量が２割程度まで減るだけだからな。確かに回復量が落ちて少し物足りなく感じるが、そこまで不便には感じないんだよな」

回復量制限が掛かったタクたちから【蘇生薬】の使用感を聞き、直接的な不都合がないようで安心する。

「ありがとう、【蘇生薬】の回復量制限のことを教えてくれて。こっちもなんとかできないか、調べてみるよ」

「悪いな、色々と。そうしてくれると助かる」

俺は、【蘇生薬】の回復量制限のことを引き受けた後、ガンツとケイが既存《きそん》の【蘇生薬】やメガポーションを購入《こうにゅう》する。

「ユンもクエストチップ集め頑張《がんば》れよな～」

「はいはい、やりますよ」

俺は、タクたちを【アトリエール】から見送った後、改めて【蘇生薬】について考える。

「【蘇生薬】の回復量制限かぁ。新しいレシピを見つけないとなぁ」

俺は、小さく呟《つぶや》き、自然と口元に笑《え》みを浮《う》かべていた。

「やっぱり、俺は生産好きなんだよなぁ。これはクエストチップ集めをしながら調べるかな」

グッと背を伸《の》ばして立ち上がり、【アトリエール】の薬草畑に植えられている木々の木《こ》陰《かげ》で寝《ね》そべっているパートナーの使役《しえき》MOBのリゥイとザクロを呼ぶ。

「リゥイ、ザクロ。ちょっと出かけるけど、一緒《いっしょ》に行くか？」

俺の呼び掛けにリゥイとザクロが顔を一瞬《いっしゅん》上げるが、今日は気分ではないのか軽く首を横に振《ふ》り、再び木陰で眠《ねむ》り始める。

「まぁ、こういう日もあるよな」

苦笑《くしょう》を浮かべた俺は、一人【アトリエール】から出る。

そして俺は、クエストチップ集めと【蘇生薬】の改良レシピの両方を解決できそうなＮＰＣ《ノン・プレイヤー・キャラクター》の元を訪《おとず》れる。

「こんにちは、今日もポーションの納品に来ました」

「あんたかい！　さっさと商品をお出し！　腕《うで》が落ちてないか確かめてやるよ！」

「もう、お婆《ばあ》ちゃん。そんなこと言って……」

お店に入ると憎《にく》まれ口を叩《たた》いてくるのは、薬屋ＮＰＣのオババとその孫娘《まごむすめ》だ。

魔法薬の作成や【中級薬師《くすし》技術書】を購入した時に関《かか》わりを持ったＮＰＣである。

ポーションなどの調合系アイテムの納品クエストにも関係しているＮＰＣたちなので、最近では【アトリエール】で作ったポーションを納品して、クエストチップを集めている。

「それじゃあ、まずはこのポーションの納品から頼《たの》む」

「どれどれ……ふん、嫌味《いやみ》なほどいい出来だよ。ほら、コレが報酬《ほうしゅう》さ！」

そう言って、クエスト報酬の僅《わず》かばかりのお金を渡《わた》してくれる。

調合系の納品クエストは、報酬のお金だけだと大赤字だが、イベント期間中の副報酬であるクエストチップが手に入る。

納品クエストを一つ達成して銅チップ2、3枚しか貰えず、更《さら》に一日一回しかクエストを受けられないために、効率は良くない。

それでも複数の調合アイテムを納品すれば、種類に応じた数の納品クエストを達成できる。

一度の訪問で銅チップ20枚以上を集めることもできるので、地味に美味《おい》しいと思う。

そんな納品クエストも終わり、薬屋のオババに先程《さきほど》の【蘇生薬】について尋《たず》ねてみる。

「実は、【蘇生薬】に関して聞きたいことがあるんだけど、いいかな？」

「なんだい藪《やぶ》から棒に。まぁいい、話してみな」

「実は、【蘇生薬】の回復量制限に引っかかった知り合いがいるんだよ。それを何とかする方法を知らないかな？」

レイドボスであるガルム・ファントムの討伐《とうばつ》報酬で手に入る【蘇生薬】のレシピが載《の》った本やオババから買った【中級薬師技術書】を隅々《すみずみ》まで読んできたが、【蘇生薬】の回復量制限に関わる記述があった覚えはない。

そんな俺の質問に、オババが腕を組んで唸《うな》り声を上げる。

「【蘇生薬】かい？　そうさねぇ、今よりも強い薬にしたいなら新しい素材を加えなきゃダメだねぇ」

「新しい素材？　それって具体的には？」

「そいつは、あたしも知らんよ。なんせ、ただの町の薬屋には、【蘇生薬】なんて縁《えん》の遠い物だからね。けれど、図書館になら古い資料があるのかも知れないねぇ……」

「図書館かぁ……」

【調合】レシピを調べるなら【中級薬師技術書】を持っているので、最近では面白《おもしろ》そうな物語を探しに出かけるくらいしか図書館を利用していなかったように思う。

「ありがとう。早速《さっそく》行ってみるね」

「こんなババァの助言が役立って良かったよ！」

俺は、薬屋のオババにお礼を言ってお店を出た後、図書館に向かう。

ＯＳＯが一年経《た》っても図書館の利用者は多くないのか、館内はかなり静かだった。

カウンターに立つ司書ＮＰＣを見つけた俺は、話し掛ける。

「こんにちは、読みたい本を探してもらってもいいですか？」

「ようこそ、図書館へ。どのような本をご希望でしょうか？」

司書ＮＰＣに頼むレファレンスサービスのやり取りにも慣れたものだ。

「実は、【蘇生薬】に関する記述の本を探しているんです」

「【蘇生薬】ですか？　該当《がいとう》する本は三冊ありますが、お客様は既《すで》に閲覧《えつらん》済みの本となっております」

「ありゃ、そうなのか？　うーん、どうしよう……」

【蘇生薬】のレシピを調べる時に、既に一度読んでいたようだ。

だが、当時は見落としていたことがあるかも知れない。

「とりあえず、一度読み直したいです」

「それでは、該当する本をお持ちします」

俺が図書館内の読書スペースで待っていると、司書ＮＰＣが該当する本を持って来てくれる。

「こちらが該当する本になります」

「ありがとうございます。あっ、やっぱり見覚えがある……」

早速受け取った俺は、【言語学】センスを装備してパラパラと本のページを捲《めく》って読むが、やはり読み落としはなく、【蘇生薬】の回復量制限解除の方法は書かれていなかった。

「すみません。欲《ほ》しかった内容がなかったので、この本はお返しします」

俺が司書ＮＰＣに本を返し、手詰《てづ》まりかぁと溜息《ためいき》を吐《つ》くと、本を受け取った司書ＮＰＣは、俺に話し掛けてくる。

「実は、最近図書館に新しい蔵書が入ったのです。もしかしたら、その本の中に関連書籍《しょせき》があるのかもしれません」

「えっ！　ホントか!?」

予想外の話の流れに驚く俺が司書NPCに聞き返すと、微笑《ほほえ》みながら答えてくれる。

「はい。ただ、通常の司書業務があり、中々新しい蔵書の整理が進まないのです。なので、もしよろしければ司書の仕事を手伝っていただけないでしょうか？」


――【お遣《つか》いクエスト：図書館のお手伝い】――

図書館の本を正しい本棚《ほんだな》に収めよ。――0／30

その瞬間、お遣いクエストが発生した。

特に報酬のない極々《ごくごく》簡単なNPCの手伝いクエストだが、メインの報酬がない分、副報酬のクエストチップは銅チップ5枚と地味に多い。

更に、このクエストをクリアすると一周年アップデートで追加された情報などを新しい蔵書という形で調べられるらしい。

「こちらの返却《へんきゃく》された本を本来の棚に片付けて頂けたのなら、新しい蔵書から必要な本を探してきますが引き受けて下さいますか？」

「はい、わかりました。引き受けます」

俺は、司書ＮＰＣからクエストを受注して、取り出された大小三十冊の本を本棚に戻《もど》す仕事を手伝う。

図書館に通い慣れているために、背表紙に貼《は》られたラベルがどの本棚の本なのかすぐに分かる。

「へぇ、こういう本もあるのか……面白そう」

俺は、パラパラと本の内容を流し読むが、頭を振って読みたい気持ちを振り払《はら》う。

積み上げられた本の一部を抱《かか》えた俺は、何度か往復しながら、全《すべ》ての本を本棚に戻し終える。

そうして本を片付け終えた俺がカウンターに戻ってくると、司書ＮＰＣが一冊の本を持って待っていた。

「ありがとうございました。おかげで新しい蔵書の整理が終わりました。その中から【蘇《そ》生《せい》薬】に関連する書籍を一冊見つけることができました」

「ありがとうございます。早速、館内で読みたいと思います」

俺が渡された本を読み進めていくと、アップデートで追加された素材の使い道や調合レシピが書かれていた。

その中で、【蘇生薬】に関する情報を幾《いく》つか得ることができた。

「なるほど、ここに書かれた素材を混ぜれば、制限が緩和《かんわ》されるのか」

素材の名前が十種類ほど並んでいたが、俺の【言語学】センスのレベルが低いのか半分程度しか読めなかった。

読める素材の中には、見覚えのない素材が並んでいることから未到達《みとうたつ》エリアで入手できるアイテムか、アップデートで【雷石《かみなりいし》の欠片《かけら》】と同じように新規追加されたアイテムの可能性がある。

「とりあえず、メモしてもう少し詳《くわ》しく調べてみるかな」

図書館の閉館時間になり、分かる範囲《はんい》だけ素材の名前をノートにメモした俺は、【アトリエール】に帰るのだった。

一章　制限バトルと野良募集《のらぼしゅう》

図書館で【蘇生薬】の回復量制限を緩和できる素材の手掛かりを手に入れた俺は、【アトリエール】のカウンターで頬杖《ほおづえ》を突《つ》きながら、メモを見ている。

「とりあえず、分かった素材は――【妖精《ようせい》の鱗粉《りんぷん》】【ムーンドロップ】【サンフラワーの種油】【竜種《りゅうしゅ》の血】の四種類かぁ」

それらの素材を一種類以上【蘇生薬】の調合過程で加えることで、回復量制限が少しずつ緩和されるらしい。

図書館で書き起こした素材のメモを手に、【アトリエール】の素材在庫を確かめていく。

「【妖精の鱗粉】の在庫はちょっとあるけど、入手が不定期なんだよなぁ」

一周年アップデートで妖精クエストが常設化され、妖精NPC《ノン・プレイヤー・キャラクター》もこれから増えることを見越《みこ》した素材だろう。

また、俺と関わりのあるイタズラ妖精がたまに【妖精郷《ようせいきょう》の花王蜜《ハニークラウン》】を届けるついでに、羽からキラキラと輝《かがや》く【妖精の鱗粉】も落としていく。

素材の入手が安定せず、また変化系のポーションや魔法薬《まほう》の素材にも使えるのだ。

「あとは、入手方法が判明しているのは、【竜種の血】かぁ。関係する系統のＭＯＢを討《とう》伐《ばつ》しないと手に入らないのは、辛《つら》いなぁ」

【竜種の血】とは特定のＭＯＢがドロップするアイテムではなく、飛竜や恐竜《きょうりゅう》など、果てはトカゲ系ＭＯＢや蛇《へび》系ＭＯＢなどの血液系アイテムの総称《そうしょう》らしい。

「ただ【飛竜の血液】や【恐竜の血】は、状態異常《バッドステータス》効果があるんだよなぁ」

下位に分類される【竜種の血】は、ポーションに混ぜると回復効果が下がったり、血自体に【毒】や【呪《のろ》い】、【混乱】などの状態異常効果を持っていたりする。

なので、それらの効果を打ち消すために状態異常回復薬を混ぜたりすると、ポーション自体の回復効果が薄《うす》まってしまう。

「簡単に手に入る【竜種の血】で作る改良型の【蘇生薬】と従来の高品質な【蘇生薬】だとどっちが回復量が高いんだろうな。まぁ、代用素材は思い付くんだよなぁ」

以前、エミリさんたちと一緒《いっしょ》に行った合成センスによる【竜の復活】の時に使った【血の宝珠《ほうじゅ》】がある。

あれを核《かく》に竜の化石からドラゴン系ＭＯＢを復活させようとしてドラゴン・ゾンビになってしまった。

だが、【血の宝珠】の本来の使い方は、細かく砕《くだ》いてポーションなどに混ぜることでその性能を高めるものである。

「【竜種の血】が生命力の強い生物の血って意味合いなら、【血の宝珠】で代用できそうだけど、そうなると【蘇生薬】が高価になるなぁ」

代替《だいたい》素材として使う【血の宝珠】は、大量の血液系アイテムを【錬金《れんきん》】センスで変換《へんかん》して作られるために、どうしても安価で大量に作るのには向かない。

そうなると残る制限解除の素材は、二つである。

「【ムーンドロップ】と【サンフラワーの種油】かぁ。どこにあるんだろうな」

今まで見たことも聞いたこともないアイテムの名前を呟《つぶや》く。

一周年のアップデートで追加されたアイテムか、未発見アイテム、それか何らかの未達成クエストの報酬《ほうしゅう》の可能性がある。

「とりあえず、手持ちの【妖精の鱗粉】で【蘇生薬】の改良をやってみるかな。それとエミリさんに【血の宝珠】の注文もしよう」

フレンド通信で【素材屋】のエミリさんに【血の宝珠】を注文するメッセージを送った後、【蘇生薬】の研究に必要な素材を揃《そろ》えていると、【アトリエール】の扉《とびら》が開かれた。

「ユンっち、こんにちは！　武器の調整が終わったから届けにきたよ！」

パートナーの不死鳥のネシアスを肩《かた》に乗せたリーリーがやってきた。

「わざわざ悪いな。ちょうどいい時間だし、一緒におやつでもしないか？　装備の説明とか色々聞きたいし」

俺は、アイテムボックスから夏場にピッタリな見た目に涼《すず》しいフルーツゼリーを取り出す。

フルーツゼリーには、リンゴに似た【ダアトの果実】や【サムヤマブドウ】、南国のフルーツなどがカットされたゼリーの中に浮《う》かんでいる。

「わぁ、綺麗《きれい》！　ユンっち、ありがとう！」

俺は、リーリーにゼリーとスプーンを用意し、ネシアス用に食べやすいようにナイフでカットしたゼリーを差し出す。

「うーん、冷たくて美味《おい》しい！」

『チチッ！』

リーリーとネシアスが美味しそうに食べる姿を見ていると、フルーツゼリーの存在を嗅《か》ぎ付けたリゥイとザクロが俺の傍《そば》にやってきて額や前足を擦《こす》り付けて催促《さいそく》してくる。

「あー、はいはい。リゥイとザクロの分もあるからちょっと待ってくれ」

俺は、リゥイ用の大きな容器とザクロ用の小さな容器にそれぞれナイフでカットしたゼリーを入れると、二人ともガツガツと食べ始める。

そして、ゼリーを食べ終えたリーリーに作り置きした甘めのアイスティーも出すと、それをゆっくりと飲んで幸せそうな吐息《とい き》を漏《も》らす。

「ありがとう、ユンっち。美味しかったよ！」

「それは良かった。それじゃあ、預けた武器について説明してくれるか？」

「もちろん！　って言っても、短いスパンでの調整だったからすぐに終わったけどね」

一周年のアップデート後に追加された【張替小槌《はりかえこづち》】を使って、メイン武器の【黒乙女《くろおとめ》の長弓《ながゆみ》】をアップグレードした。

その後、装備スロットの拡張キットである【エキスパンション・キットⅠ】を手に入れて、再度【黒乙女の長弓】をリーリーに預けることになったのだ。

そうしたアップグレードを経《へ》て強化された【黒乙女の長弓】をリーリーが渡《わた》してくる。

黒乙女の長弓【装備】★

ATK＋120

追加効果：ATKボーナス、ATK付加《エンチャント》、射撃《しゃげき》強化（中）、刺突《しとつ》強化（中）、会心（小）、弱体成功（中）

装備の基礎《きそ》ステータスは変わってないが、装備ステータスに見慣れない★のマークと6個目の追加効果である【弱体成功（中）】が付与《ふよ》されていた。

どうやらこの★マークは、拡張キットで強化した証《あかし》らしく、最大3個まで増やせるらしい。

「それじゃあ、僕から変わった点を説明するね。……って言ってもスロットが増えた枠《わく》に【弱体成功（中）】の追加効果を付与しただけだけどね」

「そうみたいだな。だけど、なんで【弱体成功】の追加効果にしたんだ？」

強化された装備を見た時、その部分に疑問を感じた。

今まで攻撃力《こうげき》を強化する追加効果を付与していたのに、ここに来て補助系の追加効果をリーリーが付与した理由が気になった。

「一周年のアップデートで状態異常の成功率が修正されたでしょ？　それとユンっちのプレイスタイルだと、色々な状態異常攻撃を使うからこれがいいかなと思って」

「確かにそうだな。状態異常薬を合成した毒矢に、カースドがあるもんな」

元々敵ＭＯＢに状態異常耐性《たいせい》があったために、状態異常《バッドステータス》がレジストされやすかった。

そのために、【弱体成功】の追加効果があってもあまり効果を実感することができず、ハズレ効果扱《あつか》いされていた。

それが、一周年のアップデート調整による敵ＭＯＢの状態異常耐性の低下と状況《じょうきょう》に応じて状態異常を使い分けて周囲をサポートする俺のプレイスタイルが合わさって、相性《あいしょう》のいい追加効果に変わったようだ。

「もしかして、ユンっち気に入らなかった？　それなら別の追加効果に変えるけど……」

不安そうにこちらを見てくるリーリーに、安心させるように答える。

「これでいいよ。いや、これがいいな。しばらくは、この装備を使ってみるよ」

実は、ハズレ効果と呼ばれた【弱体成功】には、妙《みょう》に親近感を抱《いだ》いており、ちょっと気に入ってたりする。

「ユンっち、使い辛《づら》かったら相談してね！」

「わかった。なにかあったら相談するな」

そう言って武器を届けてくれたリーリーとネシアスを見送った俺は、強化された【黒乙女の長弓】の試《ため》し撃《う》ちの相手を考える。

「基礎ステータスは変わってないから、状態異常を試しやすい相手がいいなぁ」

状態異常は、一度の戦闘《せんとう》で何度も受けると敵ＭＯＢが徐々《じょじょ》に耐性を付けて掛《か》かり辛くなるので、その辺りの成功率も確かめたい。

「ＨＰがそこそこ高くて、脅威《きょうい》に感じない敵ＭＯＢか。そう都合のいい相手は……いたな」

【蘇生薬《そせいやく》】の改良に使う新素材を探すのも重要だが、クエストチップも集めなきゃいけない。

状態異常の検証とクエストチップ集めを両立できる新規追加のボスに挑《いど》むために、俺は立ち上がる。

『きゅぅ～？』

「リゥイ、ザクロ、悪いな。今回は状態異常の検証も兼《か》ねてるから二人は連れて行けないぞ」

俺がそう言うとリゥイは不満そうに額の一本角で小突《こづ》いてきて、ザクロも前足でテシテシと足元を叩《たた》いて不満を現す。

「分かった、分かったよ、それじゃあ召喚《しょうかん》石として連れて行くよ。ただ、直接的な戦闘には参加させないからな。――《送還《そうかん》》」

俺は、リゥイとザクロを召喚石に戻《もど》して、その召喚石を一撫《な》でする。

リゥイとザクロを直接、戦闘に参加させるつもりはない。

だが、【調教】センスの《簡易召喚》スキルによってリゥイは、ＨＰと状態異常の回復スキルが使える。

《簡易召喚》スキルのないザクロも俺に《憑依《ひょうい》》すれば、ステータスが底上げされて腰《こし》から生える三本の尻尾《しっぽ》が自動防御《ぼうぎょ》してくれる。

「さて、試し撃ちに行きますか」

リゥイとザクロの召喚石をインベントリに仕舞《しま》って一緒に連れて行き、【ミニ・ポータル】で転移する先は、第三の町だった。

鉱山に最も近い町に降り立ち、辺りを見回して目的のプレイヤーを探す。

『――グレイトピラーに参加する人、募集《ぼしゅう》してます！　定員は残り三人です！』

「ちょうどいいタイミングだ」

俺は、小走りで募集しているプレイヤーの元に向かう。

集まっているプレイヤーたちはみんな、一周年で新たに追加されたレイドボスのグレイトピラーに挑むプレイヤーらしい。

しっかりとした装備で固めた上級者やOSOに慣れてきた中級者、装備が全然揃っていない初心者プレイヤーまで幅広《はばひろ》く集まっているようだ。

「あの、ここって【グレイトピラー討伐】の野良《のら》募集だよな」

「えっ？　あっ！　ユ、ユンちゃん!?」

俺がそんな討伐メンバーを募集しているプレイヤーに話し掛けると驚《おどろ》かれた。

「俺も参加していいかな？　ソロでの参加で腕試《うでだめ》ししたいんだけど」

「ど、どうぞ！　よろしくお願いします！」

なんだか緊張《きんちょう》気味な返事に、大丈夫《だいじょうぶ》だろうかと首を傾《かし》げつつ他《ほか》のプレイヤーと同じように人数が集まるのを待つ。

募集時間は、30分ほど取っていたらしいが、無事に三十人のプレイヤーが集まり、レイドボスに挑むためにポータルに向かう。

「これからグレイトピラーに挑むためのアイテムを【ポータル】に使います。その直後から参加者三十人が転送されます。ボスとの戦闘には猶予《ゆうよ》がありますが、今のうちに装備の準備をしてくださいね」

このレイドボス討伐《とうばつ》の募集者がレイドボス挑戦《ちょうせん》前に注意を促《うなが》してくれたので、俺もインベントリから【黒乙女の長弓】を取り出し準備をする。

「それでは、転移を開始します」

そうして、ポータルにボスへの挑戦アイテムを使い、俺たちは転移される。

軽い浮遊感《ふゆうかん》と共に転移させられた場所は、広い円形の広場だ。

天井《てんじょう》には明かりが灯《とも》っており、床《ゆか》や壁《かべ》は、茶色いレンガで作られている。

そして部屋の中央には、一段が人の身長ほどの高さで側面には生物を模した顔が描《えが》かれた石柱が十段積み重なっている。

高さ15メートルを超《こ》えるそれは、石で作られた巨大《きょだい》なトーテムポールと言える。

「これが、グレイトピラー」

見上げるだけで首が痛くなりそうな巨大な柱に対して、誰《だれ》かがそう呟《つぶや》く。

その呟きに合わせて、巨大トーテムポールの側面に描かれた生物の目が妖《あや》しく輝《かがや》く。

そして、石同士が擦《こす》れるような音を上げながら石柱が一段毎《ごと》に左右に回り始め、この場にいるプレイヤー全員にカースドに似た暗いオーラが降り注ぐ。

「さぁ、レイドボス・グレイトピラーとの戦いが始まるぞ！」

募集者の掛け声と共に参加したプレイヤーたちが散開し、巨大な石柱型ボスのグレイトピラーを囲むように配置に付く。

俺も転移させられた場所より少し下がって後衛として【黒乙女の長弓】を構える。

「行くぞ」

「「――おぉぉぉぉっ！」」

そして、野良募集でのレイドボス・グレイトピラー戦が始まるのだった。

「まずは、《呪加《カースド》》——アタック、ディフェンス、インテリジェンス、マインド、スピード！」

『『『グオォォォォオオッ——』』』

開幕でグレイトピラーに可能な限りのカースドを掛けていくと、石柱の側面の顔が苦しそうに声を上げる。

普段《ふだん》なら二、三種類ほどしか掛からないカースドだが、アップデートによる弱体耐性の低下と【弱体成功】の追加効果により四種類までカースドが掛かった。

「四重カースドが成功したのか。結構、変わるんだな。おっと——」

状態異常《バッドステータス》の検証を考察していると、グレートピラーの石柱の顔がプレイヤーに向けて様々な攻撃を放ってくる。

生物の顔と共に描かれた腕が石柱から生えてプレイヤーを殴《なぐ》ったり、引っ掻《か》いたり、摑《つか》んで軽く放《ほう》り投げる。

上段にある石柱の顔からは、緩《ゆる》やかに炎《ほのお》や石が吐《は》き出されて円形広場に疎《まば》らに降ってくる。

俺は、そうした攻撃を避《よ》けながら、安全地帯の円形広場の外縁部《がいえん》まで下がる。

レイドボスのグレイトピラーを観察すれば、今まで経験したボスたちの攻撃に比べれば、随分《ずいぶん》と温《ぬる》く感じる相手だ。

「【弱体成功】の追加効果で四重カースドが成功したなら、状態異常の成功率も上がるのは期待できるかな」

そう呟きながら俺は、参戦したプレイヤーたちの動きを眺《なが》める。

『よっしゃー行くぜ！』『突撃《とつげき》だ！　やっはー！』『おらおら、ドンドンダメージ稼《かせ》ぐぞ！』

自信に満ち溢《あふ》れた上位プレイヤーたちが、すぐにグレイトピラーを囲むように配置に付いて攻撃している。

また、今回初挑戦の初心者プレイヤーたちは、遅《おく》れて空いた場所を探して固まるようにしてそこに移動を始める。

「まだ戦力に自信がないのかな。なんだか、初々《ういうい》しいなぁ」

俺は、若干《じゃっかん》ほっこりとしつつ、そんな彼らのために今回のグレイトピラー討伐の野良募集をしていたプレイヤーが初心者プレイヤーたちをフォローできる配置に付くのを見る。

そんな参戦したプレイヤーたちの動きを【空の目】で一歩引いた視点から見ているので、

それぞれの考えが分かってニヤけてしまう。

「さて、俺も状態異常の検証を始めないと。まずは、今のステータスの確認《かくにん》だな」

暗色のオーラに包まれた俺は、【黒乙女の長弓】を構えて普通の矢を番《つが》える。

そして、前衛のプレイヤーたちの頭上を越《こ》すように矢を放てば、上段にあるグレイトピラーの側面に描かれた顔に矢が刺《さ》さる。

ストン、と軽い手応《てごた》えと共に突《つ》き刺さる矢の攻撃《こうげき》力は、明らかに落ちていた。

「よし、攻撃力も大分落ちてるな。これなら状態異常の効果が分かりやすい」

弱体化されたのは俺だけではなく、開幕と同時に暗色のオーラに包まれたプレイヤー全員である。

俺が何故《なぜ》、強化された【黒乙女の長弓】の試し撃ちにレイドボスのグレイトピラーを選んだのか——それには理由がある。

OSOに存在する多くのレイドボスは、それなりにプレイヤーの慣れや予備知識、連携《れんけい》が必要であり、それがプレイヤーが挑戦する敷居《しきい》を上げている側面があった。

そんな敷居が高くなる要因を排除《はいじょ》し、誰でも気軽に挑めるレイドボスをコンセプトに一周年のアップデートで実装されたのが、このグレイトピラーである。

誰でも気軽にとは言っても、レベルが高い戦闘職プレイヤーが三十人集まれば、幾《いく》らレイドボスの入門編と言っても瞬《またた》く間《ま》にＨＰが解けてしまう。

そのためにグレイトピラーとの戦闘《せんとう》には、一つのギミックが施《ほどこ》されている。

「――プレイヤー全員にレベル制限の弱体化。これなら十分に攻撃ができて、状態異常の成功率を確かめられる」

グレイトピラー戦では、開幕の暗色のオーラによる解除不能の弱体化によって、参加したプレイヤーのセンスレベルを強制的に10まで下げてしまう。

レイドボスとしての高いＨＰとプレイヤーに対する弱体化ギミックで相対的に戦闘が長期化しやすいグレイトピラーほど、状態異常の検証に適した相手はいない。

「状態異常を受けた回数でどれくらい効きが悪くなるか調べるか。試《ため》すのは、【毒】と【麻痺《まひ》】の矢だけでいいかな」

インベントリから取り出した毒薬と痺《しび》れ薬を合成して作られた状態異常の矢を石柱に放つと、しっかりと状態異常が掛《か》かる。

「他のプレイヤーにも状態異常を使う人が居ないから調べやすい」

俺は、独り言を口にしながら、二種類の状態異常《バッドステータス》の掛かり具合を見ながら、通常の矢で攻撃していく。

状態異常の通ったグレイトピラーに【毒３】のスリップダメージが発生し、【麻痺３】

によって一定時間行動が阻害《そがい》されている。

他のプレイヤーたちがその隙《すき》を逃《のが》さずに果敢《かかん》に攻《せ》めていき、俺は矢を放ちながら検証を続ける。

「グレイトピラーの耐性《たいせい》が上がるなら、カースドと状態異常の矢がいつまで通じるかな」

最初のカースドと状態異常が切れそうなところで、カースドの弱体化と状態異常《バッドステータス》の矢を放ち、状態異常を上書きする。

序盤《じょばん》はほぼ完封《かんぷう》といった状況《じょうきょう》で戦闘が進む中、グレイトピラーに攻撃している初心者プレイヤーたちも気遣《きづか》う。

「結構、辛《つら》そうなプレイヤーもいるな。後でサポートに回らないと」

弱体化ギミックによってプレイヤーのセンスレベルが10まで制限されていると言っても、プレイヤー毎に今まで積み重ねてきたものが明確な差を生み出す。

センスレベルを10に制限しても上位センスと下位センスでは、センスの基礎《きそ》ステータスやレベル上昇時《じょうしょうじ》のステータス上昇量が違《ちが》う。

更《さら》にセンスレベルが制限されていても今まで習得したスキルやアーツは、そのまま使える。

その結果――

「――《ファイアー・ボール》！」

「――《フレイム・ランス》！」

火球と炎槍《えんそう》がグレイトピラーにぶつかり爆発《ばくはつ》してダメージを与《あた》えるが、与えるダメージ量に差がある。

他にも、センス装備枠《わく》の拡張の有無《うむ》や武器や防具、アクセサリー、回復アイテムの性能差などで与えるダメージ効率も変わってくる。

そうこうしている間に――

『グオォォォォォッ――』

一定のダメージを与えたことでグレイトピラーの最下段の石柱が砕《くだ》け散り、ダルマ落としのように上段の石柱が落ちて地響《じひび》きを起こす。

レイドボスのグレイトピラーは、プレイヤー三十人が面倒《めんどう》なギミックや強力な大技《おおわざ》を気にせずに攻撃し、石柱を次々と破壊《はかい》していく爽快感《そうかいかん》を味わえるボス戦にしたかったのだろう。

今回の野良募集《のらぼしゅう》の挑戦では、初心者プレイヤーが六人混じっているので、参加プレイヤー全体としてのダメージ効率は落ちている。

だが、俺や募集者のようにそれとなく初心者プレイヤーたちを気に掛けたり、むしろ初心者プレイヤーが混じっているからその分のダメージを自分たちで稼ごうとやる気になる上位プレイヤーも混じっている。

そして、そんな初心者プレイヤーたちは、装備の質やプレイヤースキルの差から他のプレイヤーに比べて多くのダメージを貰《もら》い始めていた。

「おーい、そこの六人。ちょっとこっち来て！」

後衛の安全地帯から俺が声を掛けると、募集者のプレイヤーが振《ふ》り返って軽く頭を下げるので、俺も苦笑《くしょう》しながら頷《うなず》く。

多分、初心者プレイヤーたちのサポートを俺にも任せてくれたんだろう。

「はぁはぁ……なんだよ！　なんか用かよ！」

ちょっと背伸《せの》びしたい初心者プレイヤーが混じっているのかそう言葉を返してくる。

初めてライナとアルと出会った時のことを思い出して微笑《ほほえ》ましく思う。

他《ほか》の五人も何かあるのかと首を傾《かし》げながら、俺がいる位置まで来てくれる。

そして、五人が俺に呼ばれて来るので、反発的な態度の子も少し遅れて付いてくる。

「結構ダメージを受けても回復してないのは、ポーションが足りないんじゃないのか？」

「あんまり沢山《たくさん》買えなかったから、使うの勿体《もったい》なくて……」

俺が尋《たず》ねると初心者プレイヤーたちは、気恥《きは》ずかしそうに視線を逸《そ》らしながら事情を話してくれる。

そんな彼らを見ていると、なんとなく面倒を見たくなる。

「これ、俺が作ったポーションなんだけど、良かったら使うか？」

インベントリの中に入っているポーションを三十本ずつ六人に渡《わた》すと、その数と気前の良さに驚《おどろ》いたように俺とポーションを交互《こうご》に見ている。

「えっ、いいの⁉　でも、なんで？」

「新しく始めたプレイヤーに長く続けて欲しいから、先輩《せんぱい》からのちょっとしたサポートかな」

俺が苦笑しながら答えると六人は、軽く頭を下げてポーションを受け取り、その場で一本を飲んでその回復量の高さに驚く。

「えっ、嘘《うそ》。ハイポ並に回復量高いんだけど……」

一本で減ったＨＰをほぼ全回復していることに驚いている初心者プレイヤーたちに更に尋ねる。

「それとＭＰポーションは要《い》るか？　アーツやスキルなら積極的にダメージを与えられるし、スキルを使っていれば上位スキルも手に入れられるけど……」

「えっ、そ、その……貰えるなら嬉《うれ》しいです」

じゃあ、はい。と気軽に六人にMPポーションを二十本ずつ渡す。

これでグレイトピラーに対して、アーツやスキルを積極的に使ってレイドボス戦を楽しんでくれればいいと思う。

そして、最後に――

「それじゃあ、頑張《がんば》って再開しようか！　《空間付加《ゾーン・エンチャント》》――アタック、インテリジェンス！」

初心者プレイヤーが先輩プレイヤーとの差を少しでも埋《う》められるように、全員にエンチャントを施して送り出す。

「うおおおっ！　さっきよりダメージの通りがいい！　――《デルタ・スラッシュ》！」

「MPポーションがあるからどんどんと魔法《まほう》を撃てる！　――《ファイアー・ボール》！」

先程《さきほど》まで回復アイテムの乏《とぼ》しさから消極的だった初心者プレイヤー六人は、俺のサポートを受けて積極的に攻めている。

ただそれだけでは、先輩プレイヤーたちのダメージ効率には届かない。

それでも先程より楽しげに戦っている姿を見て、他の参加プレイヤーたちも少しだけ彼らに微笑ましそうな目を向ける。

「それじゃあ、俺も状態異常《バッドステータス》の検証に戻《もど》るかな」

俺は、初心者プレイヤーたちをサポートできて満足しつつ、二段目の石柱が破壊されたグレイトピラーを見上げる。

残り八段になったグレイトピラーの状態異常を切らさないために、三度目の状態異常の矢を放ち、効果の重ね掛けをする。

普段《ふだん》なら、三度目辺りから同種の状態異常の効きが悪くなるために少し緊張《きんちょう》したが、まだ大丈夫《だいじょうぶ》なようだ。

そして、グレイトピラーの石柱が残り五段まで減った中盤《ちゅうばん》に差し掛かった頃《ころ》、状態異常《バッドステータス》の効きが悪くなり始めたのを感じた。

「だいたい毒と麻痺の状態異常は、五回くらいまでなら安定して入れられるな。それに安定しないだけで状態異常の矢の攻撃回数を増やせば、まだ掛けられる。……おっと、カースドの方が切れそうだ。《呪加《カースド》》――ディフェンス、マインド、アタック！」

カースドによる弱体化は、状態異常《バッドステータス》よりも成功率が安定している。

運が良ければ序盤のように四重カースドも成功するが、カースド自体が複数のカースドを掛けていくと徐々《じょじょ》に成功率が下がっていく。

何度もカースドを重ね掛けして耐性が上がった中盤でもＡＴＫとＤＥＦとＭＩＮＤの三種類のカースドを掛け続けている。

ここまでの検証の結果、今まで以上にカースドや状態異常が戦闘に組み込みやすくなったように感じる。

「体感で感じられるくらいには、【弱体成功】の追加効果が効いているな」

これ以上続けても、徐々に状態異常の効果を発揮しにくくなるだけなので、【弱体成功】の追加効果と状態異常の検証を止《や》めて、グレイトピラーの討伐《とうばつ》に意識を移す。

「さて、そろそろ俺も本気で行くかな。――《弓技《きゆうぎ》・一矢縫《いっしぬ》い》！」

俺がプレイヤーたちの頭上を越《こ》して放ったアーツは、石柱の顔に強烈《きょうれつ》な一撃《いちげき》を与える。

そうして本格的に戦闘に加わった俺は、状態異常を組み込んだ戦い方を探すために所々で【眠《ねむ》り】や【気絶】などの状態異常の矢を織り交ぜながら、グレイトピラーを攻撃《こうげき》していく。

上級者たちは、各々《おのおの》が好き勝手に全力で攻撃していき――

初心者たちは、互《たが》いに協力して、周囲のサポートを受けながらもダメージを与えて貢献《こうけん》している。

そして、俺や募集者のように初心者たちを気に掛けるプレイヤーは、彼らの体勢が崩《くず》れそうになったら声を掛ける。

「HPとMPが減ってるし、エンチャントの効果が切れかけてるぞ！　一度、安全地帯まで下がれ！」

「引いている間は、俺たちが守るから安心して下がっていいぞ！」

「分かりました！　よろしくお願いします！」

募集者のプレイヤーが初心者たちに声を掛け、彼らが後退する時に追撃されないようにフォローーに入る。

そして、円形広場の安全地帯まで移動した彼らを俺が出迎《でむか》える。

「追加のポーションとＭＰポーションな。それと《空間付加《ゾーン・エンチャント》》――アタック、インテリジエンス！」

「それじゃあ、また行ってきます！」

万全の状態になった初心者たちは、再び嬉々《きき》としてグレイトピラーに挑《いど》んでいく。

そして、レイドボス・グレイトピラーの討伐が終盤《しゅうばん》に差し掛《か》かっていく。

●

グレイトピラーは、序盤から中盤まで攻撃パターンがほぼ変わらない。

回転する石柱の側面の顔からゆっくりとしたテンポで、攻撃や魔法が放たれていた。

終盤に差し掛かって七段目の石柱が破壊された時、残り三段の石柱がバラバラに崩れ落ち、着地の轟音《ごうおん》と共に側面の顔が怪《あや》しく輝《かがや》く。

『『『グオォォォォォッ――』』』

「うぉっ！　なんだ、急に数が増えて動きが速くなっ――ぐわっ！」

「ちょ、それに迫《せま》ってく――きゃっ！」

石柱の回転速度上昇《じょうしょう》と三段の石柱全《すべ》てが円形広場を縦横に回転して走り回るために、安全地帯だった広場の外周付近にも攻撃が届くようになる。

「おーい、大丈夫か？　って、よっと！」

「大丈夫――じゃない、のわっ⁉」

回転するグレイトピラーの石柱同士が互いにぶつかり合い、弾《はじ》かれて軌道《きどう》が不規則になる。

前方を注意していると、背後や側面からも別の石柱が体当たりしてきたり、側面の顔から様々な攻撃を放ってくる。

「クソッ、【呪《のろ》い】の攻撃を喰《く》らった。回避《かいひ》に専念する！」

「おい！　あっちの初心者が連続で攻撃を喰らって【気絶】してるぞ！」

「ちょ、【怒《いか》り】の眼光を受けて向かっているやつもいるぞ！」

迫る石柱を回避し損ねて、側面から伸《の》びる爪《つめ》に引っ掻《か》かれて、爪に込《こ》められた【呪い】

の状態異常を受けるプレイヤー。

短い間隔《かんかく》で連続で石柱の体当たりを喰らい、連鎖《チェーン》ダメージによってＨＰの半分近くが一気に削《けず》られて【気絶】の状態異常に陥《おちい》ってしまった初心者プレイヤー。

行動変化の中でも果敢《かかん》に攻《せ》めるが、石柱側面の顔から放たれる【怒り】の状態異常を誘《ゆう》発《はつ》する眼光を受け、真っ正面から石柱に向かって撥《は》ね飛ばされるプレイヤー。

「みんなを癒《い》やしてくれ！　《簡易召喚《しょうかん》》――リゥイ！」

俺がリゥイの召喚石を取り出して掲《かか》げると、白い粒子《りゅうし》が寄り集まってリゥイの形を作る。

そして、リゥイの嘶《いなな》きと共に円形広場に白い光が降り、プレイヤーたちの体を優《やさ》しく包み込む。

「おっ、【呪い】が消えた。これなら――《フレイムランス》！」「ううっ、俺は……」「おおおおっ!!　お、おおぉっ!?　っ!?――《グランド・スラッシュ》！」

リゥイの浄化《じょうか》の光が降っている間は、状態異常とＨＰの回復効果が得られる。

【呪い】により魔法スキルが封《ふう》じられていたプレイヤーは、回避から反撃に転じ、【気絶】していた初心者プレイヤーも目を覚まして体勢を立て直す。

【怒り】で石柱に無謀《むぼう》な攻撃を仕掛けていたプレイヤーは、リゥイの浄化の光によって正気に戻り、間近に迫る石柱に気付いて強烈なアーツを反射的に叩《たた》き込み、石柱を反対に弾き返している。

「ユンちゃん、フォローありがとう！」

「こっちも好きでサポートしているから……おっと……」

お礼の言葉を受け取りながら、縦横に回転して広場を走り回る三つの石柱から放たれる攻撃を避《よ》け続ける。

もう広場には、安全地帯など存在しないために俺も周囲の石柱やプレイヤー同士の動きを注意しながら、攻撃に加わる。

そして、相手が接近してきたところで紙一重《ひとえ》で避け――

「――《弓技《きゆうぎ》・鎧通《よろいとお》し》！」

防御力《ぼうぎょ》低下と防御無視の貫通《かんつう》攻撃の近距離《きんきより》アーツをすれ違《ちが》い様に放つ。

石柱の側面の顔が苦痛に歪《ゆが》み、カースドとは別種の防御力低下の状態異常が掛かる。

「こんな感じで、カウンター重視でやっていくか」

【空の目】と【看破】のセンスでグレイトピラーの石柱やプレイヤーの動きを確認《かくにん》しながら、攻撃していく。

またバラバラになった他《ほか》の石柱にも至近距離から《弓技・鎧通し》を放ち、防御力を低下させる。

「エンチャントや状態異常の矢以外にもアーツの副次的な弱体効果の成功率も上げてくれるみたいだな。それが攻撃魔法スキルにも適応されるなら速度低下の――《マッドプール》は、乱戦で邪魔《じゃま》になるから――《ベアトラップ》！」

試《ため》しとばかりに石柱の進行方向に罠《わな》を設置し、その上を通過した時に石でできた灰色のトラバサミが床《ゆか》から現れて石柱の下部に食らいつく。

それにより《ベアトラップ》で受けるダメージだけでなく、副次効果の速度低下が入ったようで石柱の回転速度が遅《おそ》くなる。

「補助系の【弱体成功】は効果を実感しにくいけど、結構広い範囲《はんい》をカバーしてくれそう」

使ってみて分かったが、俺が使える弱体化や状態異常の手段が多く、その幅広《はばひろ》い弱体手段を武器の追加効果のスロット一つで安定性が増すのは、かなりいいのではないだろうか。

そうこう考えながら戦う俺は、壁《かべ》や石柱同士がぶつかって方向を変えて迫ってくる石柱を走って避けながら矢を放つ。

そうした乱戦の中、それは起こった。

「なっ!?　そっちに避けるな！　危ないぞ！」

「えっ？　あっ!?」

目の前から迫る石柱に気を取られて避けた初心者プレイヤーの一人が、残り二つの石柱の進路上に入り込んでいた。

「くっ、間に合えっ！」

そして、その進路上に入り込んだ初心者プレイヤーを助けるために、募集者《ぼしゅう》のプレイヤーも駆《か》け出す。

本来のステータスのつもりで動いたために、レベルが制限されて弱体化した状況《じょうきょう》では間に合わず、彼も石柱の進路上に入り込む。

石柱の進路上に入り込んだ二人のプレイヤーは、前後から押し潰《つぶ》されるように石柱の体当たりを受けてしまう。

「ぐっ、苦しい……」

「がぁあっ、ＨＰが……」

回転する二つの石柱の側面に前後から押し潰されるように挟《はさ》まれ、ガツガツとＨＰが削られていく。

「今助けるぞ！　はぁあっ！――《ソニック・エッジ》！」

「喰らえ！　――《フレイム・ランス》！」

そんな彼らを助けようと、参戦者たちが二つの石柱に攻撃を集中させ、俺もその石柱に矢を放つ。

二つの石柱は、設定されたＨＰ以上のダメージを受けて、その場で砕《くだ》け散る。

「俺がサポートに入るから残りの石柱を頼《たの》む！」

そして俺は、挟まれていた二人のプレイヤーに駆け寄り、他のプレイヤーには、最後に残った石柱を任せる。

「状況は、二人ともＨＰがゼロか。それじゃあ【蘇生《そせい》薬】っと——」

俺は、インベントリから【蘇生薬】を取り出して、二人のプレイヤーの体に掛けていく。

【蘇生薬】を掛けたことで二人のＨＰが回復していくが、同じ【蘇生薬】を使ったのに二人には回復の差異が見られた。

初心者の方は、【蘇生薬】に書かれた回復量と同じ8割までＨＰを回復していく。

一方、募集者の方の【蘇生薬】は、ＨＰの2割弱ほどしか回復しなかった。

（こうして見ると【蘇生薬】の回復量制限って、かなり差があるな）

俺がそう考え、なるべく早くに改良型の【蘇生薬】を作り出そうと決意する中、倒《たお》れていた二人のプレイヤーがゆっくりと上体を起こしていく。

「あれ？　俺は、ＨＰがゼロになって死に戻《もど》りすると思ったのに」

「こっちは【蘇生薬】を使おうとしたけど、その前に復活した。ああ、ユンちゃんのお陰《かげ》かぁ。ありがとう」

初心者プレイヤーはまだ混乱しているが、俺が傍《そば》にいることで状況を把握《はあく》した募集者がお礼を言ってくる。

「気にしなくていいよ。それに、知りたいことを知ることができたから、ちょうど良かったよ」

「知りたいこと？」

「【蘇生薬】の回復量制限について。実際にこの目で確かめられた」

俺の言葉に募集者がなるほどと苦笑《くしよう》を浮《う》かべ、初心者プレイヤーの方は、何の話か理解できていないが、とりあえず【蘇生薬】を使ってもらったことは理解したので頭を下げてくる。

「助けてくれて、ありがとうございます」

「別にいいよ。それより、最後の追い込みをやってるから行ってくるといいよ。《付加《エンチヤント》》──アタック、ディフェンス、スピード！」

「あ、ありがとうございます！」

俺は、一度倒れて強化効果が消えた初心者プレイヤーに改めてエンチャントを掛け直して送り出す。

十段の石柱群のレイドボスであるグレイトピラーは、終盤に残った三段の石柱がそれぞれ自由に暴れ回っていたが、最後の一段だけになると攻撃《こうげき》を一切《いっさい》止《や》めてプレイヤーから逃《に》げるように動き始める。

しかも、石柱の側面に描《えが》かれている顔もちょっと情けない感じに変わるので、その変化がおかしくて笑ってしまう。

「さて、俺も最後の追い込みを手伝うか」

幾《いく》ら逃げようともこの閉鎖《へいさ》的な円形広場は、どこに居ても俺の射程範囲内だ。

弓を構えて、逃げる石柱にどんどんと矢を放っていき、他のプレイヤーたちの攻撃と合わせて、最後の石柱が砕け散った。

「ふぅ、これで終わりだな」

『『お疲《つか》れ様～』』

俺が安堵《あんど》の吐息《といき》を漏《も》らす一方、他の参加者たちも互《たが》いに労《ねぎら》いの言葉を掛《か》け、回復魔法《まほう》で戦闘《せんとう》のダメージを癒やしてレイドボス戦の報酬《ほうしゅう》を確認している。

「さてと俺の手に入れたアイテムは——まぁ、使わないかな」

メニューを開き、グレイトピラーからのドロップアイテムを確かめると、グレイトピラーを模したユニーク武器の石杖《いしづえ》を手に入れた。

【ストーン・トーテムポール】と名の付いた側面に無数の顔が彫《ほ》り込まれた石杖は、レアアイテムなんだろうが、俺は使えずユニーク武器のために【張替小槌《はりかえこづち》】の素材にもならないことに苦笑いを浮かべてしまう。

「まぁ、セイ姉《ね》ぇにでもプレゼントするかな。それより重要なのは——」

イベント期間中の副報酬であるクエストチップも手に入れた。

相手がレイドボスに相応《ふさわ》しくクエストチップは、参戦者全員に金チップ1枚が配られた。

「これでちょっとは【個人フィールド所有権】の足しになったな」

これで手持ちの銀チップが29枚相当になったが、まだまだ先は長い。

そして、俺以外のレイドボスに参戦したプレイヤーたちもドロップアイテムやクエストチップについて思い思いに話している。

「金チップは、何に使おうかな」

「僕は、銅チップ40枚に変換《へんかん》してお金やＳＰ《センス・ポイント》かなぁ。それで新しい装備やセンスを手に入れるんだ」

「自分も同じかなぁ？　グレイトピラーとの戦いであんまりダメージ出せなかったから強くなりたいね」

「俺は断然、魔改造武器だよな。強化すれば強いなんてロマンだろ！」

そう言って、ワイワイ使い道を話している初心者プレイヤーたちを見ていると、初々《ういうい》しくて微笑《ほほえ》ましく感じる。

まぁ、中には俺より年上っぽい初心者プレイヤーも居るが、年齢《ねんれい》に関係なくOSOを楽しめるのはいいことだと思う。

そんな俺のところに、今回のレイドボス討伐《とうばつ》メンバーを募集したプレイヤーが近づいてくる。

「お疲れ様。それと色々とサポートに回ってくれて助かったよ。ありがとう」

「そっちもお疲れ様。俺は、好きでサポート役をやってただけだから気にしないでくれ」

俺がそう言うと募集者のプレイヤーは、困ったように笑う。

「それでも今回は助かったよ。今まで何度も野良《のら》で色んなプレイヤーたちと挑《いど》んだけど、今回はとても楽をさせてもらったよ」

募集者のプレイヤーの話では、野良で募集をすると、色々な組み合わせのパーティーが集まるらしい。

攻撃一辺倒《いっぺんとう》だったり、半数近くが初心者だったり、中には戦う気が無くてただ参戦するだけでドロップアイテムやクエストチップを貰《もら》おうとする人がいたり……

「レイドボスの練習用として募集してたんだけど、中々大変なんだよね。だから、募集者として初心者のサポートばっかりやってたけど、今回はユンちゃんが手伝ってくれたから久しぶりに楽しめたよ」

「そっか、改めてお疲れ様。けど、俺も状態異常《バッドステータス》の検証とかのために利用していたから、あんまりお礼を言われるとちょっと擽《くすぐ》ったいかなぁ」

俺が困ったような笑みを浮かべると、互いにサポート役に回ったりする者同士のシンパシーのようなものを感じた。

それからボス戦が終わった猶予《ゆうよ》時間は、募集者のプレイヤーと話しながら転移されるのを待った。

第三の町に転移された後は、レイドボス戦やその後の雑談の時に気が合ったプレイヤー同士がフレンド交換《こうかん》をしたり、早速《さっそく》手に入れたアイテムや報酬を使うために早々に解散したり、その場に残っておしゃべりを続けたり、色々な楽しみ方をしている。

俺は、【弱体成功】の追加効果の使用感に満足しつつ【アトリエール】に戻り、今回使ったポーションや状態異常の矢を補充《ほじゅう》した。

後日、俺がポーションを渡《わた》してサポートした初心者プレイヤーたちが、【アトリエール】にポーションを買いに来て新しい常連客となったのは、余談である。

二章　ムーンドロップと収穫祭《しゅうかくさい》

強化された【黒乙女《くろおとめ》の長弓《ながゆみ》】の使用感を確かめた俺は、納品系クエストでクエストチップを集めつつ、【蘇生薬】の改良に使う素材を探していた。

「ユンお姉《ねえ》ちゃん、一緒《いっしょ》に遊びに行こうよ～。ほら、クエストチップ集めを手伝うから」

今日も【蘇生薬】に使う素材を探すために午後からログインした俺を、ミュウが【アトリエール】で待ち構えていた。

ルカートたちがリアルの予定で不在らしく、代わりに俺を連れ出そうとしているようだ。

「今日は、マギさんとエミリさん、レティーアと少し話をしに行くから、また今度な」

そんな俺は、これからマギさんたちに会いに行くことを口実に断ると、ミュウが目を輝《かがや》かせる。

「えっ、マギさんたちと女子会!?　私も付いて行く！　ユンお姉ちゃんと一緒に行く！」

「俺は男だから女子会じゃないって……」

俺と一緒に行きたいと駄々《だだ》を捏《こ》ねるミュウに、全くと溜息《ためいき》を吐《つ》く。

「別に聞かれたら困る話じゃないけど、本当に付いてくるのか？　多分、暇《ひま》だと思うぞ」

「そんなことないよ！　マギさんたちと会えるだけで楽しいから！」

そう言って、屈託《くったく》のない笑みを浮かべるミュウに俺は、仕方がないと苦笑を溢《こぼ》す。

「一応、マギさんたちに連絡《れんらく》して許可を貰ったらな」

俺は、今日会う面々にフレンド通信で確認《かくにん》を取ると全員が快くミュウの同席を許してくれる。

「ユンお姉ちゃん、どうだった？」

「みんなから許可を貰えたから、待ち合わせのクロードのお店に行こうか」

「はーい！　クロードさんのお店は、お茶とお菓子《かし》が美味《おい》しいから楽しみだね！」

俺は、許可を貰えて上機嫌《じょうきげん》なミュウと一緒に【アトリエール】を出る。

軽快な足取りのミュウと並んでクロードのお店の【コムネスティー喫茶《きっさ》洋服店】まで向かうと、お店の中には既《すで》にエミリさんとレティーアが待っていた。

「エミリさん、レティーア、こんにちは」

「こんにちは！　今日は、ユンお姉ちゃんと一緒に来ました！」

「ユンくん、ミュウちゃん、こんにちは」

俺とミュウが挨拶《あいさつ》をすると、エミリさんがティーカップを置いて挨拶を返してくれる。

「……むぐっ、こんにちは、です」

テーブルに大量のお菓子を置いて食べていたレティーアは、口に含《ふく》んだ物を呑《の》み込んでから軽い挨拶と会釈《えしゃく》を返してくれる。

「それにしても珍《めずら》しいわよね。ユンくんがこういう場にミュウちゃんを連れてくるのって」

「いや、ミュウが暇で付いてきたんだよ……」

「あははは、今日はルカちゃんたちの予定が空いてなくて、ソロもつまんないし……」

困ったように笑うミュウに、エミリさんとレティーアも納得《なっとく》する。

「あっ、そのお菓子美味しそう！　私も頼《たの》もうっと！　店員さ～ん、ミルクティーとフルーツタルトをお願いします！」

早速、メニューを注文するミュウに合わせて、俺も紅茶とショートケーキを選び、マギさんの到着《とうちゃく》を待つ。

そして、俺たちの到着から程《ほど》なくしてマギさんもやってくる。

「ごめんね、遅《おく》れて。それとミュウちゃん、いらっしゃい！」

「マギさん、遅れてないから大丈夫《だいじょうぶ》ですよ」

「今日は、女子会にお邪魔《じゃま》しますね！」

だから女子会じゃないって、と俺がミュウにツッコミを入れると、マギさんはクスクスと笑い、エミリさんは苦笑を浮かべ、レティーアは僅《わず》かに首を傾《かし》げている。

「それじゃあ、ユンくんが私たちを呼んだ用件は、なにかしら？」

一頻《ひとしき》り挨拶を済ませたところで、早速マギさんが用件を尋《たず》ねてくる。

俺は、話が早くて助かると思いながら、マギさんとエミリさん、レティーアを見回して、今日集まってもらった理由を説明していく。

「実は、改良型【蘇生薬《そせいやく》】を作る相談をしたいんだ」

「改良型？　ああ、蘇生薬の回復量制限のことね」

俺がそう話すとマギさんは、すぐに俺の言いたいことを汲《く》み取ってくれる。

「はい。既存《きそん》の【蘇生薬】に、特定の素材を加えることで回復量の制限が解除されるらしいんです」

【蘇生薬】の改良が目的であることを伝えると、エミリさんは今日集まってもらった人たちの共通点を見つけ出す。

「私達の共通点としては、妖精《ようせい》がいることかしら。そうなると、ユンくんが欲《ほ》しい素材ってのは、【妖精の鱗粉《りんぷん》】ってことかしら？」

エミリさんは、すぐに【蘇生薬】の制限解除素材の一つが【妖精の鱗粉】であると言い当て、それも理由の一つだと俺が答える。

マギさんは鍛冶《かじ》の炉《ろ》の火力調節を火妖精に手伝ってもらい、エミリさんは【素材屋】の店舗《てんぽ》で栽培《さいばい》している植物の管理を水妖精に任せている。

レティーアは、使役《しえき》ＭＯＢとして風妖精のヤヨイを仲間にしている。

三人とも妖精クエストをクリアした他《ほか》のプレイヤーよりも妖精ＮＰＣ《ノン・プレイヤー・キャラクター》との距離《きょり》感《かん》が近いのだ。

「ユンくんのところにもイタズラ妖精が訪問してるじゃない？　たまに、アイテムを届けてくれるでしょ？　その時落とす【妖精の鱗粉】じゃ足りないの？」

「一応あるんですけど、変化系のポーションの素材にも使えるから在庫が少ないんですよ」

何よりイタズラ妖精の訪問が不定期で【妖精の鱗粉】の入手が不安定だ。

たまに、【アトリエール】に妖精ＮＰＣ用のお菓子を置いておくと、お菓子を食べに集まった妖精ＮＰＣたちが【妖精の鱗粉】を落としてくれるが、それでも小瓶《こびん》一つ分が貯《た》まるかどうかというところだ。

「改良型【蘇生薬】のレシピを調べるために、ある程度の量を確保したいんだよね」

「うーん、ごめんね。【妖精の鱗粉】は、【鍛冶】にも使うから提供はできないかな」

「【素材屋】の私としては、レア素材だからあんまり手放したくないのよね」

マギさんとエミリさんに断られた俺は、そうかと溜息を吐きながら肩《かた》を落とす。

そんな中、お菓子を食べていた手を止めたレティーアからいい返事を貰えた。

「私は、別に構いませんよ。結構、使役ＭＯＢの副産物として手に入りますし」

レティーアは、結構な数の【妖精の鱗粉】を所持しているが、マギさんやエミリさんのように生産センスがないので売る以外に使い道がなく手元に残していたらしい。

「とりあえず、手持ちの半分を買い取ってくれますか？」

「ああ、もちろん。相場よりも高く買い取るよ！　ありがとう、レティーア！」

俺がその場でレティーアから【妖精の鱗粉】を買い取る値段を相談していると、ミュウから楽しそうな表情を向けられる。

「ミ、ミュウ。なんだよ、ニコニコして」

「いや、ユンお姉ちゃん。楽しそうだなぁって思って」

ミュウに表情がコロコロ変わって面白《おもしろ》いと言われたので、恥《は》ずかしくなり、ミュウから視線を逸《そ》らす。

「……まぁ、レティーアからの買い取りに関しては、また後で具体的な値段を話そうか」

俺は、お茶に口を付けて気分を落ち着けてから改めて、蘇生薬の解除素材の話を続ける。

「【妖精の鱗粉】の他にも解除素材があって、エミリさんに作成の依頼《いらい》をした【血の宝珠《ほうじゅ》】もその可能性があるんだ」

「【血の宝珠】ってことは、強力な血液系アイテムも解除素材の一つなのね」

「うん。図書館で調べた本によると、解除素材の一つに【竜《りゅう》の血】ってなってるけど、竜や爬虫類《はちゅうるい》系MOBの血液系アイテムは、種類が多くて特定が難しいから【血の宝珠】なら代用素材になると思ったんだ」

俺の考えに、エミリさんがなるほどと相槌《あいづち》を打つ。

「そうね。デメリット効果を持つ血液系アイテムも多いし、【血の宝珠】ならポーションに混ぜると回復効果を上げられるから代用素材としての可能性はあるわね。分かったわ、【素材屋】としてその作成依頼を引き受けたわ」

こうして【妖精の鱗粉】と【竜の血】の代用素材である【血の宝珠】の目処《めど》が立った。

「ありがとう、これで【蘇生薬】の改良や【血の宝珠】での検証ができそうだよ。もしレシピが完成したらエミリさんにも教えるね」

「あら、気前が良いわね」

俺が安堵《あんど》しながら、エミリさんとレティーアにお礼を言う中、マギさんは思案げに顎《あご》に手を当てている。

「ねぇ、ユンくん。【蘇生薬】に使う解除素材って【妖精の鱗粉】と【竜の血】だけ？」

「図書館の本には十種類書いてあったんですけど、その内俺の【言語学】で読めた言葉の中には、【ムーンドロップ】と【サンフラワーの種油】って素材もありました。でも、見たことも、聞いたこともなくて……」

俺が眉尻《まゆじり》を下げながら答えるとマギさんたちも考え込む。

「うーん。ごめんなさい。私の方でも分からないわね。手持ちの素材にはないはずよ」

「【素材屋】として新規に追加された素材はチェックしているけど、記憶《きおく》にないわ」

「お花の種油……揚《あ》げ物ですかね？　じゅるり……」

マギさんとエミリさんは、俺の力になれないことを申し訳なさそうにしている。

レティーアは、マイペースに食べ物に関連付けるので、みんなが苦笑《くしょう》を浮《う》かべつつも場が和む。

「まぁ、焦《あせ》っても仕方がないし、そのうち誰《だれ》かが見つけるよな」

今の段階で判明している素材で色々と試《ため》してみようかと考える俺に対して、ミュウは何か思い当たる節があるのか一度視線を彷徨《さまよ》わせる。

「うーん。ユンお姉ちゃんが探してる素材は、これかもしれない」

ミュウは、インベントリから茶色い外皮に包まれた塊《かたまり》を四つほど取り出し、テーブルの上に置く。

それを手に取った俺は、アイテム名を確認する。

「これは――【ムーンドロップの球根】!?」

「うん。ルカちゃんたちと北の町周辺の雪原エリアを探索《たんさく》した時、リレイが火魔法《まほう》で溶《と》かした雪の下から見つけたんだよ」

「なるほどね。確かにミュウちゃんたちは、OSOの最前線プレイヤーだし、見つけてもおかしくないわね」

マギさんも並べられた球根をつまみ上げて確かめた後、テーブルの上に戻《もど》す。

「これですぐに、【蘇生薬】の改良ができるんですか？」

レティーアがそう尋ねるが、エミリさんがそれを否定する。

「うーん、どうかしらね。植物の部位毎《ごと》に用途《ようと》が変わる薬草もあるから、球根がそのまま解除素材にはならないかもしれないわね」

【蘇生薬】の改良レシピには、【ムーンドロップ】としか書かれていなかった。

なので、この球根を栽培して採取できるどの部位が解除素材として有効なのか調べなければいけない。

「とりあえず、ミュウ。この球根は貰《もら》っていいのか？」

「うん！　ユンお姉《ねえ》ちゃんが必要そうだと思って集めたやつだから、あげるよ。その代わり、ちゃんと改良した【蘇生薬】を作ってね！」

「もちろんだ。その前に、一度この球根を農夫NPCに見せないといけないかな」

農夫NPCは、第一の町の南側にいる農業関係のアドバイスをくれる人だ。

今までも手に入れた植物の種の栽培方法などを教えてくれた。

「よーし、それじゃあ早速《さっそく》行こう！」

確かに【蘇生薬】の改良の相談も話し終えて、長々と居座るのは良くない。

俺は、【アトリエール】で留守番しているリゥイとザクロ、NPCのキョウコさんにお土産《みやげ》のシュークリームを買ってから、お会計を済ませて【コムネスティー喫茶《きっさ》洋服店】を出る。

「俺とミュウは、農夫NPCに【ムーンドロップの球根】の育て方を聞いてくるけど、マギさんたちはどうします？」

「この後の予定はないし、面白そうだから一緒《いっしょ》に行くわ」

「私も植物を室内栽培しているから、聞きに行きたいわね」

「農夫、野菜……じゅるい……」

マギさんたちも付いてくるようだ。

ただレティーアには、さっき食べたばかりだろと苦笑を浮かべながらツッコミを入れる。

そして、五人で第一の町の南側にいる農夫NPCを訪ねて、ミュウが持っていた【ムーンドロップの球根】を見せる。

「新しい植物を手に入れたんだけど、育て方を教えてくれないか？」

「これは、ふむふむ。そうか……」

俺の手から球根を一つ手に取った農夫NPCは、何度も頷《うなず》く。

「これは、涼《すず》しい空気を吸って生長し、花を咲《さ》かせる球根だ。この町の気候じゃあ、育たないだろうな」

「ええっ！　それじゃあ、ムーンドロップは、育てられないってこと!?」

ミュウが大きな声を上げるが農夫NPCは、第一の町での栽培方法をちゃんと教えてくれる。

「この町の気候では、育たないだけだ。具体的に北の高原よりも涼しい環境《かんきょう》まで持っていくか、地下室のような涼しい場所に置くか、環境自体を変える道具が必要だな」

「つまり、【寒冷環境】じゃなきゃ育たない植物なんだな」

以前の寒冷ダメージのアップデート時にOSO全域の気温が下がったが、あんな感じの環境ならこの球根は育つようだ。

「そうなると、北の町にホームを買ってそこで栽培するか、それとも【アトリエール】に地下室を作るか……」

どっちにしても大量のお金が掛《か》かり、同時に大量栽培には向かないだろう。

「ユンくん、【ムーンドロップ】は栽培できそう？」

エミリさんが尋《たず》ねてくるので俺は、困ったような微笑《ほほえ》みを浮かべながら答える。

「とりあえず、栽培の条件が分かったから、色々試してみるよ」

「ユンくん、【ムーンドロップ】の栽培《さいばい》が成功したら教えてね」

こうして農夫NPCから【ムーンドロップ】の栽培条件を教えてもらった後、マギさんは生産素材を買い足しに露店《ろてん》に、エミリさんは俺が注文した【血の宝珠】を作るために、レティーアは、自分のギルドホームに帰るために解散する。

そして残ったミュウは、俺と一緒に【アトリエール】に戻るのだった。

●

「さてと【ムーンドロップ】の栽培方法を見つけなきゃいけないけど、その前に――」

【アトリエール】に帰ってきた俺とミュウは、薬草畑を見渡《みわた》せるウッドデッキの上に居た。

俺は薬草畑を管理しているキョウコさんと並んで立ち、ミュウは留守番していたリゥイとザクロを撫《な》で回しながら薬草畑を眺《なが》めている。

「――今日は【栽培】センスのレベル上げをするための収穫祭《しゅうかくさい》をやるぞー！」

「おー！」

ミュウがノリよく拳《こぶし》を掲《かか》げて、キョウコさんもパチパチと小さな拍手《はくしゅ》をしてくれる。

「それじゃあ、ユンお姉ちゃん頑張《がんば》って～」

ノリよく掲げた拳を下ろしたミュウは、掌《てのひら》を振《ふ》って応援《おうえん》してくる。

そんな収穫を手伝う気がないミュウの様子に俺は、苦笑いを溢《こぼ》す。

「それじゃあ、キョウコさん。一つずつ確認《かくにん》しながら収穫しようか」

「はい、頑張りましょう」

キョウコさんに手伝ってもらいながら、【アトリエール】で栽培しているアイテムを収穫していく。

俺の【栽培】センスのレベリングという理由もあるが、もう一つが【蘇生薬《そせいやく》】の調合に使う素材の確保という意味合いもあったりする。

「それにしても本当に種類が増えたなぁ」

まず最初に採取するのは、ＨＰ回復効果のある薬草だ。

ポーションの素材の薬草に、ハイポーションの素材の薬霊草《やくれいそう》、メガポーションの素材の薬秘草《やくひそう》。

他《ほか》にもMPポーションの素材の魔霊草《まれいそう》とMPポットの素材の魂魄草《こんぱくそう》。

この五種類の薬草は、様々なポーションの基礎《きそ》のために、最も需要《じゅよう》が高く【アトリエール】の薬草畑の4割近くがこの薬草の畑である。

「次は、状態異常《バッドステータス》系の薬草だなぁ。ちゃんと種を植え直さないとな」

色毎に小さな花を咲かせる状態異常系の薬草は、八種類の状態異常を誘発《ゆうはつ》する毒草とそれに対応して回復させる薬草に分けられている。

薬草を摘《つ》み取り、同時に手に入る種を元の場所に植え直して、軽く土を被《かぶ》せていく。

「状態異常のバランス調整があったし、納品クエストでも必要だから状態異常回復系の薬草の栽培割合を少し増やした方が良いかな？」

「それでしたら、大事に残している種を次の収穫の後に蒔《ま》き直しますね。どのくらい増やしますか？」

「うーん。今の1・5倍でいいかな。その分、毒草系を減らそうか。今の所、不足してない素材だから」

俺は、キョウコさんと薬草畑の栽培割合について話しつつ、状態異常系の薬草の収穫を終える。

その次に収穫する場所は、大きな樹《き》——【桃藤花《とうとうか》】の樹の下だ。

『ワフッ――』

「おっ、今日は、【桃藤花】の樹に憑《つ》く子ガルムが出てきたか」

【桃藤花の苗木《なえぎ》】が手に入るレイドクエストのボスであるガルム・ファントムに似た紫《むらさき》掛かった小さな狼《おおかみ》の亡霊《ぼうれい》がひょっこりと姿を現し、軽く会釈《えしゃく》してくる。

このガルム・ファントムに似た小さな狼は、桃藤花の樹々の生長を見守る守護霊《しゅごれい》的なNPC《ノン・プレイヤー・キャラクター》だ。

特に何かアイテムをくれるわけでも、手助けしてくれるわけでもない。

ただ樹の下に現れてプレイヤーに会釈したら、霞《かすみ》のように溶けて消えてしまうNPCだ。

そんな小さな亡霊狼に少しほっこりとしつつ、樹の周りに舞《ま》い落ちた花弁を拾い集める。

俺とキョウコさんは、収穫した薬草を仕舞《しま》うために、一度【アトリエール】のウッドデッキまで戻ってくる。

「ねぇ、ユンお姉ちゃん。この薬草畑には、どれくらいのアイテムを栽培しているの？」

「うーん？　どれくらいかなぁ？　結構、種類が多いんだよなぁ」

基本用途が多い薬草は、先程《さきほど》栽培していた薬草畑が中心となるのだが、他にも色々な薬草を育てている。

使用機会は少ないが、イエローポーションの素材として使う【活力樹の実】と【カルココの実】。

虫系MOBを寄せ付けない効果がある【除虫香《じょちゅうこう》】の素材となる【除虫菊《じょちゅうぎく》】。

変化系のポーションや魔法薬の素材になる【ミュレルの変化草】。

根っこはホットドリンク、葉っぱはクールドリンクの素材になる【ハクガ】。

魔法薬の基本的な素材に使うことが多い【摩訶草《まかそう》】。

日陰《ひかげ》になりやすい【アトリエール】の北側には、【除虫香】を作るのに必要なもう一つの素材である【苔香木《こけこうぼく》の樹皮】が生えた丸太が置かれて、定期的に繁殖《はんしょく》した苔を剝《は》いでいる。

【苔香木の樹皮】は、他にも煮詰《につ》めることで木蠟《もくろう》を手に入れることができる。

他にも去年のキャンプイベントで手に入れた【メイキングボックス】から手に入る稀少《きしょう》かつ使用用途が少ない薬草なども細々と栽培していたりする。

「へぇー、結構育ててるんだね」

「まぁ、使う機会が少ない薬草は、小規模な畑で上手《うま》い具合に育ててるよ」

【調合】に使う素材を収穫しながら、ミュウに説明していく。

更《さら》に【アトリエール】の薬草畑の奥の方にある果樹園に向かうと、ミュウも付いてくる。

「ユンお姉《ねえ》ちゃんの果樹園には、結構色んな種類の果物があるよね。幾《いく》つか貰《もら》ってもい

い？」

「【ムーンドロップの球根】のお礼だから、好きに採っていいぞ」

「はーい。それじゃあ、私とルカちゃんたちの分は貰っていくね」

元気よく返事をしたミュウは、自分が食べる美味《おい》しい果物を選ぶために果樹園の収穫を手伝ってくれる。

最初の果樹は、赤ブドウに似た植物の【サムヤマブドウ】と白ブドウに似た【碧白《へきはく》ブドウ】、そして碧白ブドウの中でも一部は、薄《うす》めた【菌類栄養剤《きんるいえいようざい》】を霧吹《きりふ》きで吹きかけて変化を促《うなが》している【輝腐《きふ》ブドウ】をハサミで採っていく。

「うわっ、何これ！　萎《しお》れているし、変な光り方してるけど、これ食べて大丈夫《だいじょうぶ》なの？」

「それは、食べないって。敵MOBを惹《ひ》き付ける【誘引香《ゆういんこう》】の材料になるんだよ」

「へぇ、これが【誘引香】の材料なんだ」

立派な房《ふさ》になったブドウの説明をすると、ミュウが少しだけ興味を持ったようだ。

ブドウの木々からの採取が終われば、次はリンゴに似た【山岳《さんがく》リンゴ】、梅に似た【シユの実】、杏子《あんず》に似た【トゥーの実】、を捥《も》ぎ取り、木の傍《そば》に落ちているゴルフボールくらいの硬《かた》い種を絞《しぼ》れば良質な油が採れる【二乃椿《にのつばき》】を拾い上げていく。

「ユンお姉ちゃんの果物は、色艶《いろつや》が良くてすごく美味しそうだね」

「そりゃ、色々と工夫《くふう》しているからな」

ミユウが褒《ほ》めてくれた果樹園の木々には、【アトリエール】の裏手で腐葉土《ふようど》や飛竜《ひりゅう》の糞《ふん》、魚の乾燥《かんそう》粉末などを混ぜて作った肥料を与《あた》え、定期的に【植物栄養剤】も撒《ま》いている。

他にも細々とした工夫を積み重ねた結果、果樹園の果物の採取量や品質が向上しており、『上質な』果物が採れ、時折更に上の品質のものも採れることがある。

そんな収穫した果物の中からミユウは、見事に一番良いやつを選んで自分の物にしていくので、苦笑いを浮《う》かべてしまう。

「ほんと、ミユウは良いやつを選んでいくな」

「ルカちゃんたちにも美味しいものを食べて欲しいからね！　だけど、早速《さっそく》一個味見してもいい？」

「ああ、いいぞ」

俺がそう言うとミユウは、【山岳リンゴ】をその場で丸かじりする。

「ん～っ！　甘くて瑞々しくて美味しい」

「【植物栄養剤】とか肥料とか撒いたりして手間掛けてるからな」

そう言いながら、レアな果樹が並ぶ場所に進んでいく。

「おおっ、ユンお姉ちゃん！　あれは、【王花桜《おうかざくら》】だよね！　綺麗《きれい》だね！」

今日は【王花桜】が満開の日なので、サクランボに似た【王花桜桃《おうとう》】は実っていないが、目で楽しむことができる。

その隣《となり》には、【シェイド結晶樹《けっしょうじゅ》】が植えられている。

樹皮は繊維《せんい》に、樹液は硬化樹脂《こうかじゅし》になるが、【アトリエール】での使い道は、採取した葉っぱを煮詰めて作った隠密性《おんみつ》を高める【シェイド濃緑染料《のうりょくせんりょう》】を作ることだ。

矢に塗《ぬ》れば攻撃《こうげき》が気付かれにくくなり、ベースクリームと合わせて混ぜれば暗視効果を付与《ふよ》する【ナイトヴィジョン・クリーム】を作ることができる。

「あっ、これは【山岳リンゴ】の木？」

「ハズレ。それは【ダアトの木】。そして、その隣のイチジクに似た果実を実らせているのが【セフィラの木】だ」

どちらも地下渓谷《けいこく》のアスレチックステージの隠《かく》されし広間で手に入れた果物を【錬金《れんきん》】センスの《下位変換《へんかん》》スキルで種子に変えて育てた果樹だ。

「こうして見ると、凄《すご》い量の植物を育てているけど、ユンお姉ちゃん、栽培ってちゃんとしてるの？」

「そこは、まぁ、キョウコさんのお陰かな？」

そう言って、果物を収穫しているキョウコさんを振り返ると、愛嬌《あいきょう》のある笑顔《えがお》を向けてくれる。

ただ最近は、幅広《はばひろ》く仕事をしているので、もう一人くらいNPCを雇《やと》うか、手伝い用の合成MOBやカラクリ魔導《まどう》人形を【アトリエール】に導入しようか検討しているところだ。

「ユンお姉ちゃん、これで終わりなの？」

「いや、まだ温室のガラスハウスの方にも、第一の町の環境《かんきょう》だと育たない植物を育ててるんだ」

「この環境じゃ育たない植物？」

元々は、寒冷ダメージの実装時に第一の町も寒冷環境になり、その環境で上手く育たない薬草を育てるために【インスタントハウス】で作った温室だ。

だが、その寒冷環境も終わり、プランターや鉢《はち》植えに花を植えていたが、今はまた大分様相が変わっている。

「ミュウ、こっちだ」

俺は、元来た道を戻《もど》り、【アトリエール】に併設《へいせつ》された温室のガラスハウスにミュウを案内する。

「わぁ、ユンお姉ちゃん、なにこれ!?」

「温室だから、庭園っぽい区画以外にも南の孤島《ことう》エリアの植物もここで育ててるんだ」

楽しむための観賞用の花の他には、大きめの鉢にアロエに似た多肉植物の【アレーナ】やウチワサボテンに似た食用植物の【チワボン】が育てられている。

他にも温室の一角では、南国フルーツに似た植物が栽培《さいばい》されており、ちょうどパイナップルとマンゴーに似た果物が収穫《しゅうかく》時だ。

「これも後で食べようか」

「ホントに⁉　やったぁ……あっ、でもルカちゃんたちの分はないよね」

その二種の果樹は、まだ木が小さいために収穫量が多くないことを心配するミュウの頭をくしゃっと撫《な》でる。

「前に採ったやつでいいなら持たせてやるから」

「ホント⁉　ユンお姉ちゃん、大好き！」

「はいはい」

そうして、奥に進んでいくと、観賞用の花が栽培されている一角とお茶を飲むためのテーブルと椅子《いす》がある。

また意図的に人目に触《ふ》れづらい奥まった場所には、陰を作ってあるものを配置している。

「さて、今回も大量にできてるな」

「おおっ、キノコがいっぱいだ」

高温多湿《たしつ》な温室のガラスハウス内に直射日光の当たらない場所を作り、そこにキノコ栽培用の丸太アイテム【ファンカス・ログ】が並べられている。

【ファンカス・ログ】は、ファンカス・ジャンボというMOBのドロップアイテムで、キノコなどの菌糸《きんし》系アイテムの胞子《ほうし》を植え付けて栽培するアイテムだ。

現在、並べられている【ファンカス・ログ】には、食材アイテムのキノコの他《ほか》に、調合の回復効果を増やす【癒《いや》し茸《きのこ》】や【マジカルマッシュ】を栽培して継続《けいぞく》的に収穫している。

「【癒し茸】って回復効果を高めてくれるって言うけど、ポーションに使ってるの？」

「どっちかって言うと【鬼《き》人《じん》の丸薬】みたいな丸薬系の回復アイテムに使ってるかな。乾燥して粉末状にしたやつを丸薬に練り込むんだ」

「へぇ、そうだったんだ」

そう話しながら、【アトリエール】での収穫が終わり、俺は自身のセンスステータスを確認《かくにん》する。

所持SP《センス・ポイント》48

【魔弓《まきゅう》Lv38】【空の目Lv42】【看破Lv48】【剛力《ごうりき》Lv14】【俊足《しゅんそく》Lv40】【魔道Lv45】

【大地属性才能Lv31】【付加術士《ふかじゅつし》Lv20】【調薬師Lv34】【錬成《れんせい》Lv18】【調教師Lv11】
【料理人Lv24】
控《ひか》え
【弓Lv55】【長弓Lv45】【装飾師《そうしょくし》Lv13】【泳ぎLv25】【言語学Lv28】【登山Lv21】
【生産職の心得Lv38】【身体耐性《たいせい》Lv5】【精神耐性Lv15】【念動Lv20】
【急所の心得Lv16】【先制の心得Lv18】【潜伏《せんぷく》Lv10】【釣《つ》りLv10】【栽培Lv10】
【炎熱《えんねつ》耐性Lv1】【寒冷耐性Lv1】

前回確認した時に比べてセンスはほとんど成長していないが、控えに置いていても経験値が手に入る【栽培】センスは、今回の薬草畑の収穫祭でレベルが10に上がっていた。

「【栽培】センスのレベルが10に上がった」

「やったね！　なにか新しいスキルとかあるの？」

「それはないっぽいな。けど、レベルが上がったら、育てている薬草とかの品質や収穫量が増えるらしいから楽しみだな」

俺は、ミュウとキョウコさんと一緒《いっしょ》に採取した果物やキノコを【アトリエール】に運び、ミュウには採れ立ての果物を振《ふ》る舞《ま》う一方で、【ムーンドロップの球根】の育て方の模索《もさく》を始めていた。

●

「どうやって【ムーンドロップ】が育つ適温まで下げるかな……」

【アトリエール】の収穫祭を終えた俺は、ウッドデッキに用意した土と肥料を入れた鉢植えを前にして、腕《うで》を組んで悩《なや》む。

「はい、ミュウさん。お茶とカットしたフルーツですよ」

「ありがとう、キョウコさん！」

その一方ミュウは、キョウコさんに切ってもらった、採れ立てフルーツをお茶と一緒に食べて一休みしていた。

『………』

『きゅきゅっ～』

「リゥイとザクロも欲《ほ》しいの？　なら、一緒に食べようか！」

ミュウに差し出されたリンゴを一口で咥《くわ》えるリゥイと両前足で摑《つか》むようにして少しずつ

食べるザクロにほんわかした気持ちになる。

「良かったな。分けて貰えて」

皮を剥《む》いた【山岳リンゴ】をシャリシャリと音を立てながら食べた後、【サムヤマブドウ】を一粒《ひとつぶ》ずつミュウから食べさせて貰《もら》っている。

「ミュウからおやつを貰ってるし、お土産《みやげ》で買ってきたシュークリームはまた明日だな」

ぼそっと呟《つぶや》いた俺に、リゥイとザクロがバッと振り返る。

そして、俺に縋《すが》るように頭を擦《こす》り付けてくるが、苦笑《くしょう》を浮かべながら宥《なだ》める。

「だーめ。食べ過ぎは毒だからな。また明日」

『きゅう〜』

俺に柔《やわ》らかく叱《しか》られたリゥイは、少し尻尾《しっぽ》が下がり、ザクロも耳と三尾《みお》の尻尾がへにゃりと力なく下がる。

「その気落ちした感じのリゥイとザクロも可愛《かわい》い！　ほらほら、今はフルーツ食べようよ！」

ミュウは、そんなリゥイとザクロに採れ立て果物を差し出す。

ふて腐《くさ》れたように若干《じゃっかん》顔を逸《そ》らすリゥイと気落ちしたがすぐに甘い果物を夢中で食べるザクロの可愛さに、フルーツを食べさせていたミュウは感慨《かんがい》深く感じているようだ。

「あー、リゥイとザクロが馴染《なじ》んでくれてる。一年前は塩対応だったのに、最近はデレてくれるようになったよ」

それは毎回構おうとするミュウに対して、諦《あきら》めが入ってるんじゃないだろうか、などと思ってしまう。

そんなミュウたちのやり取りを微笑《ほほえ》ましく見つめながら、改めて【ムーンドロップ】の栽培環境の整え方を考える。

「温度を冷やす……地下室で育てるって言っても、光は必要かもな。それに北の町の降雪エリアで生長したムーンドロップが採取できないことを考えると、冷たすぎるのもダメかな」

そう考えると栽培環境の温度は、第一の町より低い15度前後がいいだろう。

「簡単にその温度にする方法は、まぁ魔法薬《まほうやく》かなぁ」

俺は、【摩訶草《まかそう》】と水属性系のMOB素材を混ぜた溶液《ようえき》に、EX《エクストラ》スキルの【魔力付与《まりょくふよ》】で変化させた魔法薬の【氷結液】を用意した。

この魔法薬は、敵MOBに投げてダメージを与《あた》えたり、武器に塗布《とふ》すれば一時的に属性効果を付与することができる。

「とりあえず、撒《ま》く水に混ぜてみるか……」

俺は、ジョウロの水に【氷結液】を少しだけ混ぜると、混ぜた水が凍《こお》り始めてしまった。

「あー、ダメだ。これじゃあ、水遣《みずや》りができないな」

しばらく置いておけば、ジョウロの氷が溶《と》け始めるので別の方法を模索する。

「そうなると、次は、金属の棒に【氷結液】を塗布してみるか」

【氷結液】を染《し》み込ませた布で金属の棒を拭《ふ》くと金属の棒に、水属性が付与《ふよ》されて冷気を発し始める。

これなら傍《そば》に何本か並べておけば、鉢植え周囲の温度を下げられると思って観察してみると、10分程度で【氷結液】の効果が切れてしまう。

「あー、ダメだなぁ。持続性もないし。それにジョウロにできた氷も大体同じくらいで溶けてるし……」

氷結効果を与える魔法薬なのだが、少し冷気が辺りに残っているだけであまり空気を冷やすのには向いていないようだ。

「ねぇ、ユンお姉《ねえ》ちゃん。お鍋《なべ》と魔法薬を一本貸してくれる？」

「うん？　いいけど、何に使うんだ？」

服の端《はし》を小さく引っ張るミュウに振り返ると、そんなお願いをされたので、手元にある【氷結薬】の一本と料理に使う鍋を手渡《てわた》す。

「えっと、これをこうして……よし、いくよ！」

ミュウは、鍋に水を満たし、その中に先程《さきほど》収穫したばかりの果物を入れていき、最後にお鍋の縁《ふち》のところから【氷結薬】を流し込んでいく。

そうすると、鍋に満たした水が徐々《じょじょ》に凍っていき、水に沈《しず》めた果物を氷で閉じ込めていく。

「これで少し待てば、キンキンに冷えた果物が食べられる。ルカちゃんたちと一緒に食べる時に、冷やしておこうと思ったんだ」

俺は、ミュウが【氷結薬】で行った工夫《くふう》に感心する。

インベントリに入れておけば、食べ物の状態も熱々だったり冷たいまま保存できる。

「よく考えたなぁ。それに10分で氷結効果が消えるから取り出す時も楽だなぁ」

「えへへっ、実は、プレイヤーの露店《ろてん》に【氷結薬】を掛《か》けて果物シャーベットを作るお店があったから真似《まね》してみたんだよ」

俺の方に振り返ったミュウは、イタズラっぽい笑みを浮《う》かべてネタ晴らしする。

その一方、凍り付いた鍋に興味津々《きょうみしんしん》なザクロは、前足で鍋の側面に触《さわ》ると凍った鍋の冷たさに驚《おどろ》いて前足を引っ込めている。

「ユンお姉ちゃん。ムーンドロップの栽培《さいばい》方法が分からないみたいだけど、難しいの？」

「そうなんだよなぁ。問題は持続性なんだよなぁ」

10分ごとに【氷結薬】を使うような状態など、非効率的過ぎる。

それなら大人しく棟梁《とうりょう》ＮＰＣ《ノン・プレイヤー・キャラクター》に頼《たの》んで、【アトリエール】に地下室を作ってもらった方が良いかも知れないが――

「いい方法ないかなぁ……」

「あったらユンお姉ちゃんが悩まないで済むのにね」

そう言って、俺と並ぶように隣《となり》に座ったミュウに宥められる。

そして、収穫《しゅうかく》した後の薬草畑を眺《なが》めると、キョウコさんとその手伝いとして用意した合成ＭＯＢのジェルたちが働いている。

水属性のアクアジェルが水遣りをして、土属性のアースジェルが肥料置き場の肥料を呑《の》み込んで各薬草畑に吐《は》き出している。

火属性のヒートジェルは、ガラスハウスの中心でのんびりと過ごしながら温室の気温が下がりすぎないように熱量を発している。

そして、ハッと気が付く。

「そうだ！　別にポーションで栽培環境を整えなくてもいいんだ！　それ専用の合成ＭＯＢを新しく作れば良いんだ！」

「おっ、ユンお姉ちゃん、なにか気付いたんだね」

「ああ、これならできるかも！」

俺は、早速《さっそく》、合成魔法陣《まほうじん》がある【アトリエール】の工房部《こうぼう》に向かい、合成MOBを召喚《しょうかん》する核石《かくいし》を作り出していく。

「寒い時期にヒートジェルを抱《かか》えるのと同じようなものだ。逆にひんやり冷たい合成MOBを作ればいいんだ！」

アクアジェルは、ジェルの核石を基本に更《さら》に、水属性の素材を加えて合成していた。

更に水属性の素材を加えていけば、きっと上位の氷属性のジェルに変わるんじゃないかと考える。

「――《合成》！　そして《召喚》！」

新たに作り出した【アイスジェルの核石】から合成MOBを召喚すると若干白くなった冷たいジェルを召喚できた。

「これで……って、冷たっ!?　これじゃあ、ダメだ。――《送還《そうかん》》！」

アイスジェルは冷たく、その場に居るだけで周囲の温度を冷やしすぎてしまう。

一度核石に戻《もど》して、そこに更に風属性の素材を加えて合成し直した。

風属性のウィンドジェルが風を吐き出して空気の対流を起こせる。

冷気と対流能力が欲しいと思って、合成を重ねた結果――【クーラージェルの核石Lv6】が完成した。

「成功だ。空気が涼《すず》しい……」

これは、暑い南の孤島《ことう》エリアに行った時に連れて行きたいほど、ひんやりとした空気を吐き出してくれる。

それに合成を繰《く》り返したことで核石のレベルが上がり、プレイヤーからの命令を細かく実行してくれるようになっている。

「あとは、【ムーンドロップ】を育てる鉢植《はちう》えから温度を逃《に》がさない方法だよなぁ」

部屋丸ごと一つをクーラージェルたちで冷やしてもらう方法もあるが、それだと大がかりすぎる。

もっとコンパクトで日光を遮《さえぎ》らずに涼しい環境《かんきょう》を用意する方法を考えて、クーラージェルを抱えたまま、店舗《てんぽ》部の方に戻るとミュウが待っていた。

「ユンお姉ちゃん、お帰り。それが解決策？」

「ああ、って言っても、まだもう一押しだけどな」

俺はそう答えながら、冷気を遮断《しゃだん》する方法を考える。

ミュウは、興味深そうにクーラージェルに手を翳《かざ》して、吐き出される涼しい空気を楽しんでいる。

リゥイとザクロは、水枕《みずまくら》代わりに抱《だ》きかかえるアクアジェルと違《ちが》い、涼しい空気を吐き出すクーラージェルとの距離《きょり》感《かん》に戸惑《とまど》っている。

そんなミュウたちの様子を微笑ましく見詰《みつ》めた後、【アトリエール】の店舗部に置かれたアクセサリーのショーケースが目に入る。

「そうだな。ショーケース内にクーラージェルを入れて、その中に鉢植えを並べておけば、日光を遮らずに冷気を保持できるよな」

【アトリエール】にあるアクセサリーのショーケースよりも一回り大きなショーケースを用意すれば、【ムーンドロップ】の栽培環境を再現できそうだ。

「それじゃあ、そのショーケースを買いに行くの？」

「ああ、確かプランターや鉢植え、肥料とかの栽培関係のアイテムを売っているＮＰＣのお店があるから、そこに買いに行くよ」

ついでに、【アトリエール】で収穫した薬草などの素材アイテムを持って、納品クエストを受けに行こうと考える。

「私も一緒《いっしょ》に行く！　なんだか面白《おもしろ》そう！」

「そうか？　それじゃあ、一緒に行くか。キョウコさん、お店の留守番よろしくね」

「はい。いってらっしゃいませ」

俺は、キョウコさんに【アトリエール】を任せて、再びミュウと一緒に出かける。

行きがけに【アトリエール】で採取した薬草の納品クエストを受けて銅チップ10枚を手に入れる。

調合したポーションに比べて、素材そのままの納品のためにクエストチップの入手量の少なさに苦笑いが漏《も》れてしまう一方、一緒に付いてきたミュウも手持ちの素材系アイテムで達成できる納品クエストを受注したら――

「そっちのお嬢《じょう》さんは、これまた沢山《たくさん》の素材を持ってきたねぇ。はい、これ報酬《ほうしゅう》だよ」

「見て見て、ユンお姉ちゃん！　クエストチップが銀チップ3枚と銅チップ37枚も貰《もら》えたよ！」

「流石《さすが》ミュウは、強い敵MOBを倒《たお》してるんだな」

銀チップが貰える納品クエストは、比較的《ひかくてき》強めな敵MOBがドロップする素材アイテムを集める必要があるが、ただの採取素材の納品クエストに比べたら割がいい。

「さぁ、改めて【ムーンドロップ】を栽培するショーケースを買いに行くか」

「はーい！」

栽培系アイテムを販売《はんばい》しているNPCのお店は、ミュウが普段《ふだん》通らない路地にあるために、ミュウは物珍《ものめずら》しそうに辺りを見回している。

「そう言えば、ユンお姉ちゃんは、【個人フィールド所有権】が欲《ほ》しいって言ってたけど、あとどれくらいのクエストチップが必要なの？」

並んで歩くミュウがそう話題を振《ふ》ってきたので俺は、自身のメニュー欄《らん》に表示されたクエストチップの枚数を教える。

「えっと……金チップ1枚、銀チップ14枚、銅チップ123枚かな」

それぞれのチップは別チップに変換《へんかん》できるので、銀チップに換算《かんさん》すると30枚相当になる。

「そっかぁ。どこかのタイミングでガッツリとクエストチップを集めないといけないね」

「アップデート内容の方を優先していたからな。間に合わなくてもクエストチップは、次回イベントに持ち越《こ》せるから気長にやるよ。さぁ、ここがさっき言ったNPCのお店だ」

俺とミュウは、NPCのお店に辿《たど》り着き、植物用のショーケースを探す。

購入《こうにゅう》したのは、インテリアにも使える足つきの横に長い小さめのショーケースだ。

二段になっているために、下段のショーケースにはクーラージェルに入ってもらい、上段に【ムーンドロップの球根】を植えた鉢植えを置く予定だ。

そのショーケースを【アトリエール】に持ち帰り、ミュウと一緒に配置を考え、実際にムーンドロップの鉢植えとクーラージェルを入れた。

「ユンお姉《ねえ》ちゃん、これで育つかな？」

「一応、ショーケース内の温度は、クーラージェルのお陰《かげ》で15度前後に保てているし、少し様子を見ていこうか」

そして、ログアウトした俺たちが翌日ショーケースを確かめると、漏れ出る冷気に誘《さそ》われたリゥイとザクロが涼んでいる姿が見られ、三日後には【ムーンドロップ】の鉢植えから植物の芽が出ていた。

無事に芽が出て育っていることを伝えるために、ミュウに【ムーンドロップ】の鉢植えのスクリーンショットを送ると、代わりにミュウがルカートたちと一緒に【アトリエール】で採れた果物を食べているスクショが送り返されてきた。

「本当に美味《おい》しそうに食べるな。キョウコさん、ちょっと見てよ」

「わぁ、美味しそうに食べてくれますね。育てた甲斐《かい》がありました」

俺は、キョウコさんにそのスクショを見せて、丹精込《たんせいこ》めて作った果物が喜ばれている様子に顔を緩《ゆる》ませるのだった。

三章　ボーナスクエストと怪盗団《かいとうだん》

「ねぇ、お兄ちゃん。クエストチップ集めにピッタリの場所を見つけたから、みんなで行かない？」

アップデート内容を優先してクエストチップの収集ペースが悪いことを伝えたためだろうか、朝食の席で美羽《みう》にクエストチップ集めに誘われた。

美羽に誘われた俺は、齧《かじ》り付いたトーストを呑み込んでから答える。

「クエストチップが早く集まるなら嬉《うれ》しいけど、そんな都合のいい場所があるのか？　もしかして高難易度のレイドボスとか？」

「違うよ！　クエストチップ集めの効率はいいけど、その他のアイテムやお金が手に入らない場所なの！　静《しずか》お姉ちゃんやルカちゃんたちも誘ってるんだよ！」

少しだけ参加するのを考えた俺は、静姉《ねぇ》たちも居るなら楽しめそうだと思う。

「わかった。まぁ、美羽が効率がいいって言うくらいだから、試《ため》してみるのもいいかもな」

「それじゃあ、午後の二時に【迷宮街《めいきゅうがい》】に集合ね！」

そう言って美羽は、自室に戻っていく。

朝からOSOにログインするのかなと思っていると、戻ってきた美羽がリビングで夏休みの宿題を始める。

美羽が得意げな笑《え》みを向けてくる姿に俺は、苦笑《くしょう》を浮《う》かべる。

朝食後に家事を片付けた俺は、美羽と一緒に勉強をする。

午前中はそんな風に過ごし、美羽と昼食を食べて一休みしてから、OSOにログインする。

OSOにログインした俺は、ミュウに言われた通り【アトリエール】の【ミニ・ポータル】から【迷宮街】に転移する。

「ユンお姉ちゃん、待ってたよ～」

「ユンさん、こんにちは。それと分けて下さった果物、ありがとうございます」

俺が待ち合わせ場所の【迷宮街】のポータルまで来ると、ルカートがこの前の収穫祭《しゅうかくさい》でミュウに渡《わた》した果物のお礼を言ってくる。

集合場所に集まったのは――ミュウ、ルカート、ヒノ、トウトビ、コハク、リレイのミユウパーティーの六人。それとマギさんとセイ姉ぇ、ミカヅチ。

そして、最後にやってきた俺を含《ふく》めた十人らしい。

「ユンくん、今日はよろしくね」

「マギさんもミュウに誘われたんですか？」

「そうよ。【生産ギルド】の拡張のためにクエストチップが必要だからね」

そう言って、楽しそうに笑うマギさんに続き、セイ姉ぇたちも声を掛《か》けてくる。

「ユンちゃん、今日は頑張《がんば》ってクエストチップを集めようね」

「セイ姉ぇとミカヅチは、もう集める必要は無いんじゃない？　もう【ギルドエリア】と交換《こうかん》してるし」

効率のいいクエストチップ集めは、金チップを消費するギルドエリアを完成させたセイ姉ぇとミカヅチには不要だと思うが……

「実は、【ギルドエリア】の作成でギルドの運営資金が大幅《おおはば》に減ったんだ。だから、その補塡《ほてん》も兼《か》ねて今日はセイと一緒に参加するのさ」

ミカヅチは、ヤバイヤバイと楽しそうに説明して、セイ姉ぇも困ったように微笑《ほほえ》んでいる。

今回のクエストチップ集めでは、アイテムやお金は手に入らないらしい。

だが、クエストチップの交換で間接的にお金を手に入れることができるので、そのために参加するようだ。

「全員集まったし、行こうか！」

今日のクエストチップ集めの面々が揃《そろ》ったところで、元気よく進んでいくミュウが向かう先は、【スターゲート】の建物だった。

そして、空いているスターゲートに【金】【街】【追跡《ついせき》】【潜伏《せんぷく》】【時間】のシンボルを順番に嵌《は》め込んでいき、エリアを生成していく。

「それじゃあ、行くよ！」

「さぁ、ユンくんも行きましょう」

ミュウは、ルカートたちと一緒に【スターゲート】の輪の中を潜《くぐ》り、俺は少し遅《おく》れてマギさんとセイ姉ぇたちと一緒に潜り抜《ぬ》ける。

そして、潜り抜けた先には、賑《にぎ》やかな町並みが広がっていた。

「ミュウ、もしかしてここが効率のいい場所か？」

俺は、潜り抜けた先に広がる町並みを見渡しながら、ミュウに尋《たず》ねる。

円形広場の中心に【スターゲート】が置かれており、その周りには放射状の大通りを囲むように町並みが広がり、遠くには城壁《じょうへき》が見える。

「うん、そうだよ。そろそろ、このエリアのＮＰＣ《ノン・プレイヤー・キャラクター》が説明してくれるよ」

そうして待っていると、俺たちのところに騎士《きし》の格好をしたNPCが現れた。

『ようこそ、いらっしゃいました。この町では現在、怪盗団により稀少《きしよう》な硬貨《こうか》が大量に盗《ぬす》まれてしまいました。どうか、それらを取り返して欲しいのです』

「稀少な硬貨？」

「クエストチップのことだよ。まぁ、取り返すって言っても取り返したものは、プレイヤーが貰っちゃうんだけどね」

「えー……」

それってアリなのか？　と思いながら俺たちは、騎士NPCの説明の続きを聞く。

『怪盗団【ラン＆ハイド】には、二種類の構成員が存在します。一種類は、赤い仮面を付けた怪盗のランです。やつらは、盗んだ硬貨を詰《つ》めた袋《ふくろ》を担《かつ》いで町中を逃《に》げ回っております。特徴《とくちよう》は、攻撃《こうげき》を当てれば、袋から硬貨を落とします。ただ、硬貨を落とすほど背負う袋が軽くなり、動きが速くなります』

そう説明している間に、視界の端《はし》には、このエリアに先に訪《おとず》れていたプレイヤーが逃げ回る赤い仮面の怪盗を追い掛けているのが見える。

赤い怪盗は、長い手足をシャカシャカと動かして軽快に逃げるので、どこかコミカルに感じる。

『続いて、もう一類種は、青い仮面を付けた怪盗のハイドです。やつらは、盗んだ硬貨を隠《かく》し持っており、この町の住人に変装して隠れ回っております。稀少な硬貨を隠し持つハイドほど隠れる場所が巧妙《こうみょう》になっているので、気をつけて探して下さい。やつらを見分けるのは困難ですが、皆様《みなさま》にはこちらの稀少な硬貨に反応する【ビーコン】をお渡しします』

そう言って俺たちに渡された物は、クエスト専用アイテムらしい。

掌《てのひら》に収まるほどの道具に結晶《けっしょう》が嵌め込まれており、その結晶が赤く点滅《てんめつ》していた。

それに道具から革紐《かわひも》が伸《の》びているので、首やベルトに掛ければ邪魔《じゃま》にならないようだ。

『この【ビーコン】は、稀少な硬貨が近くにあると音と点滅を繰《く》り返します。これで怪盗たちの居場所を見つけて下さい』

「なるほど、ビーコンの反応を頼《たよ》りに探せば良いのね」

マギさんがこのクエスト専用のアイテムを興味深げに眺《なが》めていると、騎士ＮＰＣが注意点を加える。

『反応するのは、稀少な硬貨なので、町中を逃げ回る赤い怪盗たちにも反応します。くれぐれも惑《まど》わされぬようにお願いします。また、怪盗団の追跡は、この広場を出てから1時間とさせていただきます。それと怪盗以外の人物を誤って攻撃すると、ペナルティーが発生しますから注意してください』

こうして一通りの説明を受けた俺たちは、今度はミュウから補足してもらう。

「今、説明を受けた通り、ここは1時間以内に逃げ隠れする怪盗NPCを見つけてクエストチップを奪《うば》うエリアなんだよ。元々は、お金稼《かせ》ぎ用のエリアみたいだけど、イベント期間中は、クエストチップに置き換《か》わってるみたい」

クエストチップだけを集めたい場合には効率が良くて、お金が欲《ほ》しいならクエストチップをお金と交換すればいい、とミュウが自慢《じまん》げに説明する。

だが、これは要領よく怪盗団を追えるプレイヤーには効率がいいが、慣れないプレイヤーだと逆に手間取って効率が落ちるのではないかと思う。

「へぇ、OSOにこんな場所ができたのね。知らなかったわ。マギちゃんは知ってた？」

「初めて知りました。町一つを舞台《ぶたい》にしたNPC相手の鬼《おに》ごっこと隠れんぼね」

このエリア一つで行う壮大《そうだい》な鬼ごっこと隠れんぼに感心するセイ姉ぇとマギさん。

ミュウパーティーの全員は事前に知っていたのか、どんな風に探すのか相談を始めていた。

「怪盗団の追跡は、バラバラになって始めようか！　みんな準備はいい？」

ミュウに促《うなが》された俺たちは、それぞれの武器を手に取る。

「それじゃあ、1時間後にここに集合だよ！　――よーい、ドン！」

ミュウが合図を下すと共に、スタート地点の円形広場から延びる大通りにそれぞれが駆《か》け出し始める。

俺は、首から提《さ》げたビーコンの反応を見ながら、町を見回し、ある方向に向かって走り出す。

そして、ふと気が付くと俺の隣《となり》には、マギさんが並んで走っている。

「あれ!?　マギさん！　なんで俺と同じ方向に居るんですか!?」

「闇雲《やみくも》に怪盗を追い掛けても大変だからね。多分、ユンくんと同じことを考えたんじゃない？」

そう言うマギさんは、肩《かた》に掛けたライフルを軽く叩《たた》き、何をするのか暗に教えてくれる。

「やっぱりマギさんも高いところから町を把握《はあく》するつもりなんですね」

「正解！　それで上手《うま》く射程範囲《はんい》に怪盗ＮＰＣが入れば、このライフルで狙《ねら》い撃《う》ちできないかな？　と思ってるわ」

そう答えたマギさんは楽しそうに笑い、俺たちが向かう先にある教会の鐘撞《かねつ》き塔《とう》を指差す。

「あそこなら、スコープとライフルの射程で町の10分の1はカバーできるだろうから待ち伏《ぶ》せに徹《てっ》するつもりよ」

「俺は、【空の目】で町中を把握しつつ怪盗《かいとう》を狙撃《そげき》した後は、残り30分くらいで建物の死角とか怪《あや》しい場所を探すつもりです」

「じゃあ、それまでは協力しましょう」

「はい！」

俺は、マギさんと共に開け放たれた教会に辿《たど》り着き、鐘撞き塔の螺《ら》旋《せん》階段を駆け上がっていく。

そして、鐘撞き塔を駆け上がった先には――

「あっ、マギさん。この先でビーコンが反応してます」

「それって、もしかして……」

俺とマギさんが途中《とちゅう》から足音を静かにゆっくりと登っていくと鐘撞き塔に隠れるように膝《ひざ》を抱《かか》えた少女のNPCが座っていた。

こんな鐘撞き塔に不《ふ》釣《つ》り合いな町娘《むすめ》の少女に対して、ビーコンが激しく反応しているのを見て、俺とマギさんは顔を見合わせて頷《うなず》く。

「あなた、怪盗？」

マギさんが軽く肩を叩くと女の子は、困ったように笑い懐《ふところ》から青い仮面を取り出す。

「見つかっちゃった」

ポンという軽い音と白い煙《けむり》と共に姿を消した女の子は、その代わりに銀チップ1枚を残していく。

「ありゃ、ユンくんと一緒《いっしょ》に見つけたのに、銀チップ1枚だと分けにくいわね。ユンくん、銅チップ5枚渡《わた》す？」

「俺はいいですよ。けど、青い怪盗を見つけるとこんな風になるんですね」

無理に怪盗ＮＰＣを攻撃しなくても見つけたことをしっかりと伝えれば、クエストチップが手に入るようだ。

「さて、俺は北側を監視《かんし》しますけど、良いですか？」

「それじゃあ、私が南側を探《さぐ》るわ」

俺とマギさんは互《たが》いに鐘撞き塔からこの町を見下ろす。

「おっ、早速《さっそく》、赤い怪盗が居た」

町の大通りを大きな袋を背負って走っている怪盗を見つけ、その後ろをヒノとトウトビが追い掛けているのが見える。

ヒノの一撃を避《よ》けた怪盗だが、避けた先に回り込んだトウトビが背負った袋に短剣《たんけん》の攻撃を当てると、担いだ袋の口からクエストチップが零《こぼ》れ落ちるようだ。

「ああやって、クエストチップを手に入れるんだな」

俺は、特別製の矢を取り出し、【黒乙女《くろおとめ》の長弓《ながゆみ》】に番《つが》える。

まぁ、特別製と言っても殺傷力が高い矢ではなく、寧《むし》ろ逆である。

ゴムの矢【消耗品《しょうもう》】
ATK+5　追加効果：手加減攻撃

南の孤島《ことう》エリアで手に入れたゴム樹脂《じゅし》を合成して、突《つ》き刺《さ》さらないように矢の先端《せんたん》がゴムで覆《おお》われた非殺傷の矢だ。

攻撃力は鉄の矢と同等だが、先端がゴム樹脂で覆われているために、矢の攻撃が刺突《しとつ》系から打撃系ダメージに変わっている。

また、追加効果の【手加減攻撃】により、どれだけダメージを与《あた》えても、絶対に敵のHPが0にならない効果が付いている。

「行けっ！――《遠距離射撃《えんきょりしゃげき》》！」

【魔弓《まきゆう》】センスと【空の目】の補正を受けて放たれた矢は、町中の上空を駆けて、大通りを逃げ回る赤怪盗の袋に着弾《ちゃくだん》する。

ゴム矢の衝撃《しょうげき》によって、袋の口から銅色の輝《かがや》きが舞《ま》い上がり、光の粒子《りゅうし》となって消え、俺の手元に銅チップが現れる。

「銅チップ5枚か。まぁ、まずまずかな？」

赤怪盗を追っていたヒノとトウトビは、突然《とつぜん》町中に矢が降ってきたことに驚《おどろ》き、どこから放たれたのか探している。

そして、矢を放った鐘撞き塔に俺がいるのを見つけたヒノが手を振《ふ》り、トウトビが会釈《えしゃく》した後、逃げる赤怪盗の追跡《ついせき》を再開する。

「ユンくん、早速手に入れたのね！　私も負けていられないわ！」

マギさんは、ライフルのスコープを覗《のぞ》き込み、逃げ回る赤怪盗を見つけて狙撃する。

以前使った時よりもライフルを改良したのか、銃身《じゅうしん》のカスタムパーツとして発射音を軽減するサイレンサーが取り付けられている。

更《さら》に銃弾には、俺と同じく非殺傷用のゴム弾を使用しており、それを赤怪盗の袋に当てている。

「マギさんも凄《すご》いですね。それといつの間にゴム弾なんて用意したんですか？」

「ふふっ、ユンくんが教えてくれた銃弾のレシピを元に、エミリちゃんが作ってくれたのよ」

一周年アップデートで実装された銃系センスとその銃に使う消費アイテムの銃弾を【合

成】センスで試作したことがある。

俺一人が実装されたばかりの【銃】センスの銃弾を研究して、今は少ない需要《じゅよう》を満たすために銃弾作りばかりするのは、好ましい状況《じょうきょう》ではなかった。

なので、完成したレシピを【生産ギルド】経由で早々に公開したのだ。

そのレシピを元に、同じ【合成】センスを使う【素材屋】のエミリさんが新しい銃弾を開発してくれたのは嬉《うれ》しく思う。

「さぁ、ユンくん！　じゃんじゃん打ち倒《たお》して、クエストチップを集めましょう！」

「はい、マギさん！　頑張《がんば》りましょう！」

そして俺たちは、鐘撞き塔の上から町に逃《に》げ隠れする怪盗ＮＰＣを探すのだった。

●

鐘撞き塔の上から二人で町中を監視すれば、屋根の上や大通りを歩く赤怪盗を見つけることができる。

「――《長距離射撃》！」

プレイヤーに追われていない赤怪盗はゆっくりと歩いているので、狙いやすい。

遠距離からゴム矢を担《かつ》ぐ袋《ふくろ》に当てれば、クエストチップが袋の口から飛び出す。

そして、突然の攻撃《こうげき》に慌《あわ》てふためく赤怪盗に俺が第二射を放つが、死角になる建物の裏に逃げ込まれてしまう。

「これで銅チップは32枚目かぁ。まだまだだなぁ」

「ユンくん、もっと動きの速い赤怪盗を狙った方がクエストチップが美味《おい》しいわよ。ほら、こんな感じで」

そう言うマギさんがライフルの引き金を引いた直後、赤怪盗に銃弾が命中して、手元に銀チップが現れる。

「流石《さすが》マギさん。俺もそっちの方向で狙ってみるかなぁ」

広い範囲を【空の目】で眺《なが》めると、プレイヤーに追われる赤怪盗たちを見つける。

その中には、ミュウとルカートに追われる赤怪盗がおり、背負う袋が大分萎《しぼ》んで見える。

「ミュウさん、今です！」

「はぁあっ――《フィフス・ブレイカー》！」

ルカートが隙《すき》を作り、大きく飛び上がった赤怪盗に対してミュウが【立体制限解除】のセンスで町の建物の壁《かべ》を蹴《け》って加速する。

一気に距離を詰《つ》めたミュウは、赤怪盗の着地の瞬間《しゅんかん》に、アーツの五連撃を叩き込む。

背負う袋から銀色の輝きが空中を舞い、それがミュウとルカートの手に収まるのが見えた。

二人一組で協力して赤怪盗を追い詰めると、追い詰めた仲間にもクエストチップが手に入るようだ。

「あの赤怪盗にするか」

赤怪盗は、攻撃を受ければ受けるほど、担いだ袋からクエストチップを落とす。

そして、クエストチップを落とすほど動きが速くなり、更に稀少《きしょう》なチップを落とすようになる。

「ミュウたちが追っている赤怪盗は、ちょうど銀チップを落とす段階のやつか」

俺は、ミュウたちが追い続けている赤怪盗に狙いを定めて、指に二本の矢を挟《はさ》む。

少し獲物《えもの》を横取りするようで悪いが、その機会を待つ。

そして、その機会はすぐに来た。

「今度は私が誘導《ゆうどう》するよ！　——《ソル・レイ》！」

ミュウが出の速い収束光線の魔法《まほう》を掌《てのひら》から放ち、赤怪盗はそれを華麗《かれい》に避ける。

そして、避けた赤怪盗に追撃を仕掛《しか》けるためにルカートが一気に接近して、バスタードソードを横薙《よこな》ぎで払《はら》う。

赤怪盗は、空中で体を捻《ひね》ってルカートの横薙ぎを回避《かいひ》する。

「行けっ！　――《連射弓《れんしゃきゅう》・二式《にしき》》！」

俺は、ミュウとルカートの攻撃を立て続けに避け、着地と共に体勢が崩《くず》れた赤怪盗に向けて二本の矢をほぼ同時に放つ。

高所からの射撃に気付いた赤怪盗は、袋を抱えるようにして地面を転がって避けるが、二本目の矢がお尻《しり》に当たって痛そうに悶《もだ》えている。

「ゴム矢でも地味に痛そう……その、なんかごめん」

多分聞こえることはないだろうが、つい謝ってしまう。

そして、そんなコミカルな動きの赤怪盗に攻撃が当たったことで、袋の口から零れた銀チップが俺の手元に現れる。

「おっ、銀チップ2枚。結構美味しい」

安全に狩《か》れる動きの鈍《にぶ》い相手よりも少し動きが速くて、予測が難しい相手を積極的に狙《ねら》った方が、効率が良さそうだ。

「それとミュウたちは、あっ、やっぱり気付いたか」

連携《れんけい》した追い込みが失敗した直後、遠距離からの狙撃《そげき》で赤怪盗への攻撃が成功したのを目の前で見たミュウとルカートは、驚きの表情のまま鐘撞《かねつき》き塔《とう》を見上げている。

そして、俺の横槍《よこやり》にミュウが頬《ほお》を膨《ふく》らませるが、すぐにヒノのようにこちらに手を振り、ルカートも困ったような笑《え》みを浮《う》かべて会釈してくる。

「あんまりミュウたちが追っている赤怪盗《かいとう》を狙うと邪魔《じゃま》してるっぽいし、他《ほか》の赤怪盗も探さないと……居た」

今は誰《だれ》にも追われていないが、袋が萎んで動きのキレが増した赤怪盗を見つけた。

「それじゃあ、行くか。——《連射弓・二式》！」

先程《さきほど》と同じように二本の矢をほぼ同時に放って追い込むように狙撃するが、こちらからの攻撃に気付いた赤怪盗が二本の矢を避けて、そのまま建物の死角に隠《かく》れてしまう。

「あー、逃げられた。ただ攻撃するだけじゃ駄目《だめ》だな」

相手は動きも速いし、逃げに徹《てっ》しているので二手、三手と使って追い込まないといけない。

「うーん。そもそも【空の目】のターゲティング能力と魔法スキルを組み合わせた座標爆《ばく》破《は》なら……いや、ダメだ。発動までのタイムラグで攻撃範囲《はんい》から逃げられる」

俺は、手元のアイテムとアーツやスキルなどを確認《かくにん》しながら、単独で追い詰める方法を考える。

「よし、コレと、コレを組み合わせれば、行けるな」

即興《そっきょう》のアイテム作りは生産職の十八番であり、マギさんも興味を示してくれる。

「あー、それね。私の銃弾は、火薬の熱が掛かって使えないけど、熱を掛けない矢だからこそね」

そう言って、手元の矢に細工した俺は、再び単独で現れた動きのいい赤怪盗に狙いを定める。

「今度こそ――《魔弓技《まきゅうぎ》・幻影《げんえい》の矢《や》》！」

俺は、再び十分に狙いを付けて上空に矢を放つ。

放った矢は、赤い尾《お》を引き、5本の魔法の矢が先行して、建物の屋根を逃げる赤怪盗に目掛けて降り注ぐ。

こちらからの狙撃に気付き、降り注ぐ魔法の矢を次々に避《よ》けていく。

そんな魔法の矢の攻撃を躱《かわ》しきった後、その弾幕に隠れるように放たれた矢が山形軌道《きどう》を描《えが》き、赤怪盗の頭にストンと落ちてくる。

先端がゴムで覆われているために矢が刺さることはないが、頭上からの予想外の衝撃に建物の屋根を走る赤怪盗が盛大《せいだい》に転び、袋のクエストチップが宙を舞《ま》っている。

「よし、成功。それに今度も銀チップ2枚だ」

手元に現れた銀チップを指で摘《つ》まみ、にんまりと笑う俺と赤怪盗に攻撃を当てた様子を見ていたマギさんから拍手《はくしゅ》を受ける。

「ユンくん、誘導お見事」

「まぁ、これだけが取り柄《え》ですからね」

俺がやったのは、派手な《魔弓技・幻影の矢》の弾幕《だんまく》に意識を集中させ、その後ろに【認識阻害《にんしきそがい》】の効果がある【シェイド濃緑染料《のうりよくせんりよう》】を合成したゴムの矢を放っただけだ。

気付かれないように魔法の矢で逃げ場を塞《ふさ》ぎ、誘導した地点に曲射射撃した矢を落としたが上手《うま》くいった。

「この調子で銀チップを稼《かせ》ぐか」

パンパンに膨らませた袋を担ぐ赤怪盗は、鐘撞き塔からの射程範囲に入れば狙撃できるが、クエストチップを落として身軽になった赤怪盗は、一工夫《くふう》入れないといけない。

そして、更に袋のクエストチップが減っていくと——

「待てえええええっ！　——《ソル・レイ》！」

「はぁぁあっ！　——《ソニック・エッジ》！」

ミュウとルカートは、先程まで追っていた赤怪盗を追い続け、クエストチップを巻き上げ続けていたようだ。

その結果、最初に比べて格段にその動きが速くなっている。

「うわぁ、速っ!?　って言うか空中移動して、なんか気持ち悪っ！」

大量のクエストチップを担いだ最初の頃《ころ》とは打って変わって、空中二段ジャンプやアクロバティックなバク転回避など超人《ちようじん》的な動きで避けていく。

更《さら》に赤怪盗の手足がひょろ長いので、速くなった動きがコミカルさよりも虫を彷彿《ほうふつ》とさせる。

「あれは流石に狙うのは、止《よ》した方がいいわよね」

「そもそも速すぎて狙えないし……」

金チップを落とすようになった赤怪盗を狙おうと弓矢を向けると、事前にこちらの攻撃に気付き、鐘撞き塔にいる俺に赤い仮面越《ご》しの視線を向けてくる。

集中していた【空の目】の視界に映る赤怪盗がグリンとこちらを振《ふ》り向くのは、一種のホラーである。

「絶対にこっちの存在に気付いているし、なんか攻撃したら怖《こわ》そうだから銀チップ狙いで頑張ろう」

俺はそう言って、動きがそこそこ良くなっている赤怪盗たちを射撃すると共に、町の地形を把握《はあく》していく。

似た様な町並みが広がっているので特徴《とくちよう》が覚えづらく、迷いやすいが、それこそ青怪盗が隠れやすい場所を作り出している。

「ユンくん。あっちにコハクちゃんとリレイちゃんが居たわよ」

「あっ、本当ですね。二人は、青怪盗狙《ねら》いなんでしょうか」

NPC《ノン・プレイヤー・キャラクター》が多く集まる大通りをビーコン片手に探しているコハクとリレイ。

赤怪盗を追うミュウたちのような機動力がないために、地道な方法で探《さぐ》っているようだが――

「ああ、コハク、リレイ。なんで気付かないんだよ！」

ビーコンは確かに反応しているようだ。

だが、プレイヤーが近づいたことで人混みに紛《まぎ》れて変装している青怪盗らしきNPCがそっと裏路地に入って隠れる。

他にも、コハクとリレイの視界から逃《に》げるように建物の柱をグルグルと回っている不自然なNPCがいたりと、高所から【空の目】で二人の様子を窺《うかが》えば、不自然な動きの青怪盗らしいNPCの動きが丸見えである。

「ほんと勿体《もったい》ないわね。でも、もらい！」

「そうですね。本当に不自然だけど、気付かないものなんですねぇ」

高所から丸見えの俺とマギさんは、揃《そろ》ってコハクとリレイが見逃《みのが》す不自然に動くNPC

を遠距離《えんきょり》から狙撃する。

ゴム矢がスコンと頭の上から降ってきたり、真横からゴム弾を受けたＮＰＣが、変装を解いて青い仮面を付け直してクエストチップを残して消えていく。

「今のは、銅チップ５枚ね」

「俺が狙ったのは、銅チップ７枚です。そこそこ難しいけど……やっぱり向き不向きなんでしょうね」

たった今、あからさまに逃げるＮＰＣを見つけたコハクとリレイが追い掛けるが、その直後に、彼女たちが通り抜《ぬ》けた傍《そば》に置かれた木箱の蓋《ふた》が開き、そこから変装もしていない青怪盗が現れてグッと背伸《せの》びをしている。

「なんと言うか、本当にコミカルだなぁ……」

そう呟《つぶや》いた俺は、ノコノコと隠れ場所から現れた青怪盗の頭をゴム矢でスコンと射撃すると、中々に難易度が高いらしく銀チップ２枚を手に入れた。

そして、コハクとリレイが追っていたＮＰＣはと言えば――

「はぁぁぁっ！　なんや紛らわしい！」

「ふふふっ、また見逃してしまいましたか」

「くぅぅぅっ、絶対に見つけてやるから覚悟《かくご》しとき、青怪盗！」

悔《くや》しがるコハクの声が裏路地に響《ひび》いている。

単にビーコンが反応したことと、怪《あや》しく逃げるNPCの状況《じょうきょう》証拠《しょうこ》が重なっただけで逃げたNPCを追い掛けたが、NPCを捕《つか》まえて改めてビーコンを確かめると反応がない。

わざとらしい動きをするNPCも町中に配置しているのだから、中々に嫌《いや》らしい。

積極的に青怪盗を探しているが中々捕まえられないコハクとただついて回っているように見えるリレイの方が上手く青怪盗を捕まえている姿を見ると、コハクが若干《じゃっかん》不憫《ふびん》に感じられる。

一方、同じく青怪盗をゆっくりとした足取りで探すセイ姉《ね》ぇとミカヅチはと言えば——

「うーん。ミカヅチ、いた？」

「ああ、居たぞ。あそこだ」

「なら——《アクア・バレット》！」

『ヒィー！』

建物の屋根からこっそりと大通りのセイ姉ぇとミカヅチを確認していた青怪盗は、ミカヅチに見つかり、セイ姉ぇが操作する水球をぶつけられる。

屋根や建物の死角に隠れてもセイ姉ぇに正確に水球を当てられて、ずぶ濡《ぬ》れの姿になってクエストチップを残して消えていく。

「すげぇ、なんであれ分かるの？　通りからじゃほとんど見えないだろ」

「そうよね、何でかしらね。あっ、また見つけて捕まえてる」

立ち話する人の中に紛れた青怪盗がさりげなくその場から立ち去ろうとするが、セイ姉ぇの《アイシクル・ロック》で足を拘束《こうそく》され、ミカヅチとセイ姉ぇが肩《かた》を軽く叩《たた》くと項垂《うなだ》れて、クエストチップを残してまた消える。

「ホント、なんで分かるんだ？　二人とも今日が初めてみたいだけど」

「そこが謎《なぞ》よね」

俺とマギさんは、不思議に思いながらも更に鐘撞き塔の範囲に入り込んだ赤怪盗を狙《ねら》い撃《う》ち、クエストチップを稼いでいく。

そして、クエスト開始から20分が経過した。

「集まったのは、銀チップ12枚に銅チップ34枚か」

高所からの圧倒《あっとう》的なアドバンテージを武器に、遠距離射撃による待ち伏《ぶ》せで赤怪盗を狙った結果、鐘撞き塔の射程範囲内に現れる赤怪盗の回避《かいひ》速度が上がって稼げなくなった。

「ここじゃあ、これ以上稼げなくなったわね」

戦闘《せんとう》職のミュウたちでも捕まえるのが厳しい逃げ足を持つ赤怪盗からクエストチップを狙うのは現実的ではなかった。

赤怪盗《かいとう》たちは、出現から1時間ほど経《た》つと消えて、町のどこかで袋《ふくろ》の中身をリセットして再出現《リポップ》するらしい。

今のまま赤怪盗のリセットを待つよりもまだまだ広い町を歩いて、怪盗NPCを探した方がいいだろう。

「俺は塔《とう》を降りて怪盗NPCを探しに行きますけど、マギさんはどうします？」

「私は、もう少しここで粘《ねば》ってみるわ。リセット掛かった怪盗が現れるかもしれないからね」

一緒《いっしょ》に鐘撞《かねつき》き塔から狙い撃ちしていた俺とマギさんは、ここで別行動を取ることにした。

「それじゃあ、頑張《がんば》って下さい」

登ってきた鐘撞き塔の螺旋《らせん》階段を降りるのは時間が掛かってしまうので、俺はある道具を取り出す。

【登山】センスを装備して、鉤《かぎ》付きロープと安全のためのハーネス、手の保護用のグローブを身に着けて、鐘撞き塔の柱に鉤爪《かぎづめ》を引っかけてロープを下ろす。

そして、降ろしたロープとハーネスを金具で繋《つな》ぎ、一気に鐘撞き塔の外壁《がいへき》をロープで真《ま》っ直《す》ぐに滑《すべ》り降りる。

「ちょっと速っ!?　——《キネシス》！」

ロープを伝って滑り落ちる際の勢いを【念動】スキルで緩和《かんわ》して地面に降り立った俺は、金具とハーネスを外して怪盗NPCを探し始める。

●

クエスト開始から20分が経過し、待ち伏せから積極的に探す方向に切り替《か》えた俺は、ビーコンの反応を頼《たよ》りに怪盗NPCたちを探していく。

「多分、この辺りが建物の死角だよな……」

鐘撞き塔から見下ろした時、青怪盗が隠《かく》れやすそうな場所には大体の目星を付けていた。

「ビーコンの反応もある」

狙撃《そげき》している時は必要無かったが、怪しい場所を探していく時はビーコンの反応が頼りになる。

今も、建物に挟《はさ》まれた裏路地とその奥の空き地にビーコンが強い反応を示している。

空き地には、俺が通った裏路地しか出入り口がなく、パッと見てNPCの姿は見えない。

そして目の前には、如何《いか》にも隠れやすそうな三段に積まれた怪しい木箱がある。

「いかにもあそこに隠れてますよ、って感じだよな」

普通《ふつう》に青怪盗を探して空き地に辿《たど》り着いた時、目立つ木箱に視線が集中するはずだ。

またビーコンが空き地の範囲《はんい》内で強い反応を示しているので、この空き地で一番隠れやすい積み上げられた木箱の裏側に隠れていると真っ先に思うはずだ。

「まぁ、セオリー通りに探しますか」

ただ、一つだけ出入り口の裏路地に細工を仕《し》掛《か》けてから積み上げられた木箱の裏に回るが、誰《だれ》も居ない。

その直後、俺が通ってきた裏路地の方からＮＰＣの悲鳴が聞こえた。

「掛かった！　――《ライトウェイト》！」

俺は、自身に【念動】センスの軽量化スキルを使い、唯一《ゆいいつ》の出入り口である裏路地に戻《もど》る。

そこには、泥沼《どろぬま》に足を取られて藻《も》掻《が》くＮＰＣが居た。

隠れる青怪盗は、真っ先に目に付く木箱の山にプレイヤーの注意を引き、自身は死角になりやすい空き地の手前の植え込みにでも隠れていたのだろう。

そして、プレイヤーが木箱の裏側を探すタイミングで一気に空き地から脱出《だっしゅつ》するのが、隠れるタイプの青怪盗のセオリーなんだろう。

「まぁ、そんな相手の逃走《とうそう》経路に罠《わな》を仕掛けておけば、一発だよな」

裏路地には、【マッドプール】のマジックジェムを仕掛けておいた。

俺は、軽量化スキルで泥沼の表面を歩きながら、泥沼に嵌《は》まったNPCの肩を軽く叩く。

「はい、タッチ。正体を現して」

「バレちゃった」

その一言と共に青い仮面を取り出してドロンと煙幕《えんまく》と共に消えた青怪盗は、銅チップ7枚を残していく。

「そこそこ難しいけど、大体の対処パターンが分かれば捕まえられそうだな」

そうして俺は、次の青怪盗を探してビーコンを頼りに町を練り歩く。

時折、町中で逃げ回る赤怪盗がビーコンに引っかかるが、それに惑《まど》わされないように探していくと反応があった。

「あのNPCの中か」

ビーコンの反応から察するに、相手が大通りにいるNPCに混じっているようだ。

「さて、他《ほか》のNPCに紛《まぎ》れるタイプかぁ……」

鐘撞き塔から見下ろして分かったがこの手の青怪盗は、プレイヤーが探そうと何らかの行動を起こすと、他の一般《いっぱん》NPCたちに紛れて逃《に》げ回る。

また、青怪盗を狙うために一般NPCにまで不用意に攻撃《こうげき》を加えると、このクエストを説明してくれた騎士《きし》NPCが言う通り、ペナルティーが発生する。

「ただ、青怪盗と一般NPCだと、逃げる時の行動パターンが違《ちが》うから、それを利用するか」

鐘撞き塔の上からじっくりと観察させてもらったので、青怪盗の動きは予想できる。

「さて、――《サモン・リトルゴーレム》《ミミクリー》！」

土魔法《まほう》の召喚《しょうかん》スキルで呼び出した支援《しえん》MOBのリトルゴーレムに、【隠密《おんみつ》】センスの擬《ぎ》態《たい》スキルを使い、俺に似せた囮《おとり》人形を作る。

「それじゃあ、俺は上から探《さぐ》るから、合図があったら大通りに出てくれ」

コクリと頷《うなず》く俺の姿に似せた囮人形に苦笑《くしょう》しながら、【登山】センスと鉤付きロープを使って、脇道《わきみち》から建物の屋根に登って大通りを監視《かんし》する。

「さて、他と違う動きをするNPCは居るかな」

早速《さっそく》、俺の指示で通りを歩き始めた囮人形は、一般NPCを避《よ》けながら進んでいく。

大通りの人の流れから外れて、囮人形から離《はな》れようと脇道に逃げ込むNPCが居ないか【看破】のセンスで見張る。

「……いた。あいつだな」

一人の女性NPCが大通りを歩いていた。

そして、囮人形から離れるように歩き、向かい側の脇道に入っていくのが見えた。

また俺との距離《きょり》が離れたことでビーコンの反応が弱まったために、あのNPCが青怪盗だと確信した。

「それじゃあ、先回りしますか」

鉤付きロープを使って降りた俺は大通りに出てから囮人形を先程《さきほど》のNPCが逃げた脇道に向かわせ、迂回《うかい》するように別の道から先回りする。

先回りした先で待っていると、弱まっていたビーコンが徐々《じょじょ》に反応が強くなる。

背後から追ってくる囮人形ばかり気に掛けていた変装した青怪盗は、先回りした俺を見て驚《おどろ》きの表情を浮《う》かべる。

「観念してクエストチップを渡《わた》してくれるか？」

俺が問い掛けると変装した青怪盗は、青い仮面を取り出し、その場に銅チップを残して消える。

「これも銅チップ7枚かぁ。やっぱり銀チップが欲《ほ》しいなぁ」

俺は、紛れるタイプの青怪盗から手に入った銅チップ7枚を仕舞《しま》いながら、《サモン・リトルゴーレム》のスキルを解除して囮人形を消す。

「もっと難易度の高い青怪盗を狙わないとなぁ。面倒《めんどう》だけど、立て籠《こ》もってるやつを狙うかな」

残り時間は、15分。まだまだクエストチップは稼《かせ》ぎたいところだ。

「あっ、居た。立て籠もってる青怪盗」

とある三階建の建物の屋内から下を見下ろしている青怪盗を見つけた。

その下には、俺たちの他にもこのエリアに来たプレイヤーが青怪盗を見上げて、手をこまねいている。

「くそっ、外階段を上ろうとすると上から射撃されて近づけない」

「それに魔法で強引に倒《たお》そうとするとその余波で建物の中にいる一般ＮＰＣが巻き込まれる！　単体を狙撃しようとすると玄関扉《げんかんとびら》の不壊《ふえ》オブジェクトに阻《はば》まれる！　どうすりゃいいんだ！」

青怪盗は、追い詰《つ》めればクエストチップをプレイヤーに渡して消える。

だが逆に言えば、見つけただけではダメである。

青怪盗を追い詰め切れなければ、クエストチップは手に入らない。

青怪盗の中には最初から分かりやすい場所で姿を見せているが、捕《つか》まえようとするプレイヤーに対して妨害《ぼうがい》攻撃を仕掛けてくるやつがいる。

立て籠もりによる侵入《しんにゅう》経路の制限と防衛するための積極的な攻撃。

また他の一般NPCが密集している場所で立て籠もるので、無理な行動で一般NPCに危害を与《あた》えてペナルティーを受けるのを嫌《きら》うプレイヤーの行動が制限されていく。

非常に厄介《やっかい》なタイプの青怪盗《かいとう》である。

「さて、下から見上げているプレイヤーには、上手《うま》い具合に警戒《けいかい》対象になってもらって、俺はその隙《すき》に接近するかな」

こっそりと建物の裏手に回り込んだ俺は、本日三度目の鉤付きロープを建物の屋根に引っかけてよじ登る。

「さて、青怪盗の動きの周期は、外階段に繋がる玄関と建物裏にあるベランダを交互《こうご》に監視しているな」

しばらく、屋根の上から行動ルーチンを確認《かくにん》し、捕縛《ほばく》手順を考える。

「よし、これにするか。あとはタイミングを見計らって――今っ！」

登った屋根の上から玄関を監視し、青怪盗NPCが現れたところで上から痺《しび》れ薬を撒《ま》く。

頭上から痺れ薬が掛かった青怪盗は、その場で膝《ひざ》を付き、動きが鈍《にぶ》くなる。

俺は、速《すみ》やかに屋根から三階の外階段に着地して青怪盗の背中にタッチする。

「はい、捕まえた」

背中を軽く叩《たた》かれた青怪盗は、ニヤリと愉快《ゆかい》そうな笑いを浮かべて、銀チップ3枚を残して消えた。

「さて、まだまだやれるな」

その場所から移動して次にビーコンが反応したのは、隠れるタイプの青怪盗を捕まえた場所と似た地形だった。

三方向を建物に囲まれた袋小路《ふくろこうじ》だが、空き地の奥に立て籠もって入口を警戒する青怪盗を見つけた。

周囲が建物に囲まれて影《かげ》が多い場所のために、【隠密】センスの《シャドウ・ダイブ》で影の中に隠れて接近して捕まえた。

そうして、次々と青怪盗を見つけて行き、終了時間が迫《せま》ってくる。

「今の成果は、銀チップ25枚に銅チップ79枚か。それに残り時間は10分かぁ」

制限時間の1時間が近づき、ミュウたちが他の怪盗NPCを捕まえて数が減ったのか、ビーコンに反応する怪盗NPCたちが掛かりづらくなった。

「もう結構集めたし、こんなものでいいかな」

そろそろ集合場所の広場に戻ろうかと考えていると、ビーコンの反応が徐々に強くなる。

近づいてくる反応を探すと一人の赤怪盗が、建物の屋根の上をもの凄《すご》い勢いで走り抜《ぬ》けていた。

「あっ、ユンお姉《ねえ》ちゃんだ！　ちょっとこっちを手伝ってよ！」

「はぁ？　手伝えって⁉」

その赤怪盗を追って、ミュウとルカート、ミカヅチ、それに少し離れた位置から魔法を放ちながら追い掛けるセイ姉《ね》ぇが居た。

俺が返事する間もなくミュウは、屋根の上を軽《かろ》やかに走って赤怪盗を追跡《ついせき》する中、続くルカートが声を張り上げて説明してくれる。

「残り時間も少ないですし、金チップを落とす赤怪盗を狙《ねら》って、皆《みな》さんと協力しているんです！」

「なるほど、そう言う理由か。――《ゾーン・クレイシールド》！」

俺は、ルカートの言葉に納得《なっとく》しつつ、近くの建物の外壁《がいへき》に垂直に土壁《どへき》を生み出す。

垂直の土壁を足場にして建物の屋根に駆《か》け上がり、弓矢を手に取り追跡に加わる。

「そう言えば、他のみんなは？　一緒《いっしょ》に追わないのか？」

「みんなは、諦《あきら》めて集合場所の広場で待ってるはずだぞ！」

俺が赤怪盗の追跡に加わり尋《たず》ねると、ミカヅチがそう答えてくれる。

残り時間を見て納得する中、今度は逆にセイ姉ぇから尋ねられる。

「ユンちゃんは、マギちゃんと一緒じゃないの？」

「俺は、鐘撞《かねつ》き塔《とう》からの待ち伏《ぶ》せじゃクエストチップを多く稼げないと思って、後半からは別れて町に隠《かく》れた青怪盗を探してたんだ。——《ストーンウォール》！」

セイ姉ぇから投げかけられた質問に答えながら、大通りを横断するために石壁《いしかべ》の足場を架《か》けて走り抜ける。

「さて、誰《だれ》が攻撃を当てて金チップを手に入れても恨《うら》みっこなしだ！　ユン嬢《じょう》ちゃん、私たちの速度強化と赤怪盗の弱体化だ！」

「わかった！　——《空間付加《ゾーン・エンチャント》》スピード！　《呪加《カースド》》スピード！」

ミュウたちにエンチャントを施《ほどこ》し、眼前をキレのある走りをする赤怪盗に速度カースドを施す。

速度ステータスが上がったミカヅチが不敵に笑って先頭のミュウに追い付き、セイ姉ぇに合図を出す。

「さぁ、セイ！　頼《たの》むぞ！」

「行くわよ。——《アイスウォール》！」

それを契機《けいき》にセイ姉ぇは、遅延《ちえん》で溜《た》め込んだ氷魔法を一気に解放して高速移動する赤怪盗の進路を氷壁《ひょうへき》で塞《ふさ》いでいく。

赤怪盗が氷壁群をキレのある動きで躱《かわ》す中、追い掛けるミュウが掌《てのひら》を翳《かざ》している。

「いけぇっ！　――《コンセンサス・レイ》！」

ミユウが生み出した極大の収束光線がセイ姉ぇの生み出した氷壁群に乱反射して、無数の細かな光線が縦横に飛び交《か》い、赤怪盗の逃げ道を塞ぐ。

「やったか！」

氷壁と無数の収束光線に阻まれ足を止めた赤怪盗がこちらを振《ふ》り返る。

「さぁ、行くわよ！」

「いえ、まだです。逃がしませんよ！」

ミユウとセイ姉ぇの魔法で足を止めた赤怪盗にルカートとミカヅチが駆け出す。

ルカートとミカヅチの攻撃を躱す赤怪盗は、時折拳《こぶし》と蹴《け》りで二人の攻撃を逸《そ》らし、有効打を貰《もら》わないように立ち回っている。

「なるほど、ダメージ判定がないと有効打にならないのか」

たとえ、接触《せっしょく》しようとも明確なダメージが無ければ、金チップを落とさないようだ。

そして――

「はぁあっ！」

ミカヅチが振るった六角棍《ろっかくこん》の端《はし》が赤怪盗の体を捕《と》らえて突《つ》く。

担《かつ》いだ袋《ふくろ》から金色に輝《かがや》くクエストチップが溢《こぼ》れるが、ミカヅチの突きの一撃《いちげき》を利用して大きく後退した赤怪盗は、そのまま建物との間の裏路地に落ちて姿を眩《くら》ませた。

「あー、ミカヅチさんに取られちゃった」

ミュウがふて腐《くさ》れたように呟《つぶや》き、足を止めるが、舞《ま》い上がった金チップが1枚ずつ俺たちの手元に現れる。

「あっ、直接攻撃《こうげき》しなくても俺も貰えるんだ」

「だけど、一番多く貰えるのは、直接攻撃を当てた人だけどな」

そう言って赤怪盗に一撃を入れたミカヅチは、2枚の金チップをこちらに見せるように指に挟《はさ》んで戻《もど》ってくる。

「最後の最後でちょっと手伝っただけで金チップを貰えるのは、なんか申し訳ないかなぁ」

「そんなことないよ！　ユンお姉ちゃんのエンチャントとカースドが無かったらもっと難しかったよ！」

サポートキャラらしい立ち回りを評価してくれるミュウの言葉に嬉《うれ》しさを噛《か》み締《し》めながら、手に入れた金チップを大事に仕舞う。

そして、ミュウたちと一緒に開始場所の広場まで戻ってきた。

「ただいま！　みんな、成果はどうだった!?」

先に戻ってきていたヒノとトウトビ、コハクとリレイ、そしてマギさんが出迎《でむか》える中、残り時間を確認する。

「残り3分か。……けど、この近くでもビーコンが反応しているみたい」

広場の近くに怪盗NPC《ノン・プレイヤー・キャラクター》がいるのか、残り時間いっぱいまで探そうと辺りを見回す俺に、疲《つか》れたようなコハクたちが答えてくれる。

「先に戻ってきたうちらも探したんやけど、どこにおるのかも分からんかったわ」

「……私たちも一緒に探しましたけど、広場全域にビーコンが強い反応を示すので、個人を特定することができませんでした」

「ボクらが探しても隠れ場所を全然動かしてないみたいなんだよね。でも見つからない」

先に戻っていたコハクたちが隠れやすそうな場所や怪《あや》しそうな場所を探したことを教えてくれる。

俺は、何か見落としてるんじゃないかと思い、円形広場を広く見渡《みわた》す。

「うーん。もしかして……」

そして、あるNPCの存在に気付く。

最初にプレイヤーに手渡してくれたビーコンはどういう状況《じょうきょう》だった？　最初から強い反応を示していたはずだ。

また、変装している青怪盗が隠れていると誰が決めた？　また、こちらに友好的に話し掛《か》けないと誰が決めた？

　残り1分――俺は、ダメ元でみんなが最初から無意識に探す選択肢《せんたくし》から外していたNPCに近づく。

「青怪盗、捕まえた、っと……」

　最初に、この【スターゲート】のクエストについて説明してくれた騎士《きし》NPCに軽く触《ふ》れると、俺たちに向けて穏《おだ》やかな微笑《ほほえ》みを浮《う》かべて――

「正解。よくぞ、私の正体を見破った！　その慧眼《けいがん》に敬意を表してこれを渡そう！」

　そう言って、俺の手に金チップを1枚そっと乗せて、青い仮面を取り出す。

「ふははは、さらばだ！」

　騎士に変装していた青怪盗は、青い仮面を付けて高笑いを上げながら、その場から走って逃《に》げていく。

　その後、慌《あわ》てて駆けてくる騎士NPCに振り返り、彼が俺たちに力強く尋ねてくる。

「き、君たち！　先程《さきほど》私の偽物《にせもの》がここに居なかったか！　やつが、やつが怪盗団の一味だ！」

　俺は、非常に古典的なやり取りに唖然《あぜん》とする中、ミュウたちは本物の騎士NPCの登場に思わず大笑いを始める。

そして、ずっと広場の怪盗ＮＰＣを探していたコハクたちは、思わぬ盲点《もうてん》に悔《くや》しがっていた。

正気に戻った俺は、擬態《ぎたい》していた青怪盗の逃げた方向を見る。

「まさか最初に説明したくれたＮＰＣが怪盗ＮＰＣだとは思わなかった。……だけど、最後まで諦めなくて良かったたな」

俺は、一人苦笑《くしょう》を浮かべて、最後の最後で手に入れた金チップを握《にぎ》り締める。

四章　追加エリアと初見殺し

「ボーナスクエスト、お疲れ様ー！」

『『『――お疲れ様ー！』』』

ミュウに誘《さそ》われて挑《いど》んだクエストチップの大量確保エリアで、怪盗団《かいとうだん》との追いかけっこを終えた俺たちは、そのままセイ姉《ねぇ》とミカヅチのギルド【ヤオヨロズ】のギルドホームで打ち上げをしていた。

ギルドエリアを手に入れた【ヤオヨロズ】だが、少人数で集まる時はギルドホームの方が使い勝手がよく、ちょっとした休憩《きゅうけい》場所として使われている。

午後のおやつ時のために【ヤオヨロズ】らしい宴会《えんかい》ではなく、ジュース入りのコップを片手に各々《おのおの》が持ち込んだお菓子《かし》を食べるお茶会になっている。

「みんなは、どのくらいチップが集まった？　私は、ルカちゃんと一緒《いっしょ》に倒《たお》して回ったから結構集まったよ！」

「ミュウさんと一緒に赤怪盗を狙《ねら》ったので、金5枚、銀40枚、銅30枚になりました」

「ボクたちも今回で、目標の数まで集まったよ！」

「……ミュウさんたちが集めた数とだいたい同じくらいです」

ミュウとルカートが自分たちの成果を報告すると、ヒノとトウトビも成果は上々らしく表情が朗《ほが》らかだ。

対して、鐘撞き塔から見てても余り上手くいってなかったコハクは項垂《うなだ》れている。

「あかん。うちらは、全然クエストチップ集められへんかった。金チップが1枚もあらへんし、銀チップは10枚ぽっちや」

「ふふふっ、まぁ仕方ないですね。私たちは、足が遅《おそ》いですし、町中で大きな魔法《まほう》を放てばペナルティーを受けてしまいます。それに【発見】系のセンスもないので、見逃《みのが》しも多かったようですし」

一人頭を抱《かか》えるコハクに対して、リレイは冷静に事実を口にする。

「見落とし!?　いつ、どこでや！」

「ふふふっ、結構ありましたよ。そうした見落としを透《す》かさず、ユンさんとマギさんたちが狙撃《そげき》してましたからね」

「そんなぁ……」

コハクは、自分たちが見た場所、通った場所にいた怪盗ＮＰＣ《ノン・プレイヤー・キャラクター》を見落としていたことに今になって気付き、地味にショックを受ける。

ルカートたちに慰《なぐさ》められているコハクに俺は、内心お疲れ様と思う。

そして、マギさんと並んでお菓子を摘《つ》まんでいる俺のところに、ミュウがやってきて成果を尋《たず》ねてくる。

「ユンお姉《ねえ》ちゃんとマギさんは、どれだけクエストチップを集めたの？　それと目標の枚数に届いたの？」

俺の隣《となり》に座るミュウに対して、反対側に座るマギさんが答える。

「私は、銀チップ30枚と銅チップ50枚集まったわ。手に入れたチップの一部は【生産ギルド】の方に入れているけど、それを差し引いても目標の数まで貯《た》まったわ」

「マギさん、おめでとうございます！　マギさんは何を選ぶんですか？」

更《さら》に踏《ふ》み込んだことを聞くミュウに対して、微笑みを浮かべるマギさんが答える。

「【メイキングボックス】のアップグレードアイテムよ。去年のキャンプイベントで手に入れたけど、最近はあんまり活躍《かつやく》できてないから使い勝手を上げようと思ってね」

指定した種類の素材を一日一個ランダムで生み出し、更にそれを確率で複製するイベントアイテムである【メイキングボックス】。

今回のクエストチップイベントでは、その【メイキングボックス】も交換《こうかん》でき、更に【メイキングボックス】を所持しているプレイヤーには、性能を上げるアップグレードアイテムが交換欄《らん》に出現するらしい。

その効果は、ランダムに排出《はいしゅつ》される素材数の増加と高ランク素材の出現率上昇《じょうしょう》、アイテムの複製確率の上昇、複製スロットの増加などである。

「へぇ、そうなんですね！　それで、ユンお姉ちゃんはもう【個人フィールド所有権】と交換できそうなくらい集まったの？」

マギさんが交換予定のアイテムに感心したミュウは、次に俺に話を振《ふ》ってくる。

「えっと、今までの合計が――金チップ４枚に銀チップ35枚、銅チップ２１１枚だ」

目標である【個人フィールド所有権】の交換には、銀チップ75枚が必要だが、銀チップ72枚相当のクエストチップが集まっている。

「おー、ユンお姉ちゃん、結構貯まったねぇ。あとちょっとだ！　頑張《がんば》ってね！」

「納品系クエストとか受けてれば、その内集まるよ」

俺がそう答えるとミュウは、何か尋ねて欲しそうにソワソワして、俺に視線を向けてくる。

全く、露骨《ろこつ》に聞いて欲しそうにするなぁ、と内心苦笑を浮かべながらミュウに尋ねる。

「そう言えば、ミュウがクエストチップで交換したいものを聞いたことなかったけど、

【魔改造武器】とかと交換するのか？」

俺が尋ねると、ミュウは分かりやすいほどパッと表情を輝《かがや》かせ、俺が交換アイテムを予想したことでニヤニヤと楽しげに笑っている。

「違《ちが》うよ。私が交換するのは――」

「『するのは？』」

「――まだ、内緒《ないしょ》！」

溜《た》めを作ってから、イタズラっぽい笑みで教えてくれないミュウに、俺とマギさんは苦笑を浮かべる。

「なんだ、そりゃ」

「だって、ユンお姉ちゃん。前に【個人フィールド所有権】を手に入れたら、どんなフィールドを作るか聞いても教えてくれなかったじゃん！」

そう言って不機嫌《ふきげん》そうに反論してくるミュウに、そんなこともあったかと視線を逸《そ》らす。

「だから、ユンお姉ちゃんがどんなフィールドを作るのか教えてくれるまで、秘密にするんだ！」

「じゃあ、ミュウちゃん。私にだけ、こっそり教えてくれる？」

「いいですよ、マギさん！」

そうして俺の両隣に座っていたミュウとマギさんが少し離《はな》れた所に移動して、フレンド通信で内緒話を始める。

声は聞こえないが、楽しげなミュウの表情やマギさんの驚《おどろ》き、納得《なっとく》の笑みを浮かべている様子を眺《なが》めていると、【ヤオヨロズ】のギルドメンバーたちと話し合っていたセイ姉ぇとミカヅチが戻《もど》ってくる。

「ユンちゃん、お疲《つか》れ様」

「セイ姉ぇ、ミカヅチもお疲れ様。ボーナスクエストは楽しめた？」

俺がコップにジュースを注《つ》いで二人に渡《わた》すと、二人はそれぞれの感想を口にしてくれる。

「私は、ギルドホームに使った資金の補充《ほじゅう》ができて良かったな。銅チップからお金に交換するのは、馬鹿《ばか》にならないからな」

それに最後の方は、人型ＮＰＣ相手の戦いとしては中々に歯ごたえがあった、とミカヅチが楽しげに笑う。

一方のセイ姉ぇは、顎《あご》に指を当てて表情をやや曇《くも》らせている。

「セイ姉ぇ、もしかして楽しくなかった？」

俺が無理に付き合ってくれたのかな、と心配しつつ尋ねると、何時もの穏やかな微笑みでセイ姉ぇが否定する。

「ううん、楽しかったわ。けど、ユンちゃんたちと一緒に遊べたけど、内容が互《たが》いの成果を競《きそ》うようにバラバラに動いたから、次は一緒に冒険《ぼうけん》に行きたいかなぁって思って」

「それならユン嬢《じょう》ちゃんが早く【個人フィールド所有権】を交換できるように私たちと一緒に討伐《とうばつ》クエストでも受けに行くか。クロの字やリーリーも【ヤオヨロズ】のサポート受けて討伐クエストに行くからな」

セイ姉ぇの感想に対して、ミカヅチからの思わぬ提案に俺は驚く。

「いいなぁ、セイお姉ちゃんとユンお姉ちゃんと一緒の冒険」

「それって、私やユンくん、クロードとリーリーと一緒に冒険に行くってこと!?　やった！　セイさんたちと一緒に冒険ね！」

内緒話を終えて戻ってきたミュウとマギさんも話に加わってくる。

「ミュウちゃんは、また今度行きましょう」

「うん！　約束だよ、セイお姉ちゃん！　それじゃあ、ルカちゃんたちのところに戻るね！」

セイ姉ぇとの約束をしたミュウが嵐《あらし》のように去って行き、俺は改めてミカヅチに視線を向ける。

「えっと、本当に手伝ってもらっていいのか？　手伝ってくれるのは心強いけど……」

「別に構わないさ。それに【ヤオヨロズ】としてはイベント目標を達成したから、ギルド資金を稼《かせ》げれば、どんなクエストを誰《だれ》と冒険に出かけても問題ないのさ！」

「だから、ユンちゃんが行きたいところを私たちが手伝ってあげるわ」

ミカヅチの打算とセイ姉ぇの心遣《こころづか》いに少し納得する。

内心では、細々と納品クエストで集めた銅チップを銀チップに変換《へんかん》して目標のクエストチップ数まで集めようと思っていた。

だが、セイ姉ぇとミカヅチがクエストチップ集めを手伝ってくれるのなら、折角なので討伐クエストを受けてもいいかも、と俺は考えを変える。

後日、マギさんとクロード、リーリーの生産職面々とセイ姉ぇとミカヅチと待ち合わせして、受けるクエストを選ぶことを約束して、俺たちはログアウトした。

翌日、約束の時間に集まった俺たちは、町中に設置されているクエストボード前に集まっていた。

「ユンっち、こんにちは～。【黒乙女《くろおとめ》の長弓《ながゆみ》】の調子はどう？　追加効果は、【弱体成功】より別の方が良かった？」

「いや、【黒乙女の長弓】の追加効果は、俺好みで凄《すご》い良かったよ。直接的な攻撃《こうげき》力は上がらないけど、カースドや状態異常《バッドステータス》の矢の成功率が体感で感じられるくらいに上がってるよ」

「それは、よかったよ」

リーリーとの挨拶《あいさつ》を済ませた俺は、マギさんたちと一緒にクエストボードを見つめる。

「こう見ると、やっぱり討伐クエストは人気があるなぁ……」

最もオーソドックスな形式のクエストであるために、多くのプレイヤーが入れ替《か》わり、立ち替わり確認《かくにん》してクエストを受注していく。

「さて、みんなはどんな討伐クエストを受けたい？」

マギさんが振り返って尋ねてくるので、俺とクロード、リーリーの三人は互いに顔を見合わせ、次に手伝ってくれるセイ姉《ね》ぇとミカヅチを見る。

「クロの字とリーリーは【ヤオヨロズ】の支援《しえん》に慣れているだろうけど、改めて説明するな。私たちは、他《ほか》のプレイヤーの先達《せんだつ》として同行するけど、私たちが主導してレベルの高いクエストを受けに行くつもりはない」

「ユンちゃんたちが行きたい場所や受けたいクエストを円滑《えんかつ》に進められるように手伝うだけよ。もちろん、今より一段難しいクエストを受けたい時も全力で手助けするわ」

今回の討伐クエストは俺たちが主体であり、セイ姉ぇとミカヅチがそれをサポートする立場にあるらしい。

「俺のクエストチップの目標枚数が残り銀チップ3枚だから、そのくらいの報酬《ほうしゅう》のクエストでいいかなぁ。クロードは、どうだ？」

「どうせやるなら、一周年アップデートで追加されたクエストを受けたいな」

銀チップ3枚が手に入るクエストなら特に希望がない俺がクロードに尋ねれば、そう答えが返ってくる。

「それじゃあ、リーリーは、なにか希望ある？」

「僕は、新しく開放されたエリアを探索《たんさく》しに行きたいかなぁ」

「新しく追加されたエリア？」

マギさんがリーリーから聞き出した希望に対して、俺は首を傾《かし》げる。

「なぁ、リーリー。新しく開放されたエリアってあるのか？」

OSOは、町や様々な地形のエリアが繋《つな》がって形成された広大な世界となっている。

そんな仮想現実の世界は、どこまでも繋がっているように見えて、その実有限である。

例えば、世界の端《はし》まで到達《とうたつ》すれば見えない壁《かべ》に阻《はば》まれたり、海エリアでは遠くを目指して進んでいれば、ある一定の境界を越《こ》えると真逆の方向に戻される。

また、次のエリアがすぐ目の前に見えているのにその手前には、プレイヤーが倒《たお》せない巨大《きょだい》ボスを配置してエリア侵入《しんにゅう》を阻んだりしている。

「一周年アップデートの時に、幾《いく》つかのエリアが開放されたみたいだよ！」

「あれ？　でも、事前告知やインフォメーションには書かれていなかったような」

ＯＳＯの見えない壁はアップデートと共に取り払《はら》われてエリアが開放されるが、そうした事前告知が無かったことを思い返していると、クロードが教えてくれる。

「確かにアップデート告知での説明はないが、プレイヤーが自分で探す喜びとして、幾つかのヒントは散りばめられているんだ」

例えば――と呟《つぶや》きながらクロードがクエスト掲示板《けいじばん》の前で幾つかのクエストを指差す。

「新しくアップデートで追加されたクエストの紙は、色が違うんだ」

「へぇ、そうなんだ」

一目で見分けやすいように、薄緑《うすみどり》がかった紙が掲示板で使われているらしい。

「そして、そのクエストの内容の中で、場所や目的から新規に開放されたエリアの存在が示唆《しさ》されている」

例えば、場所を指定する単語、古いクエストにはない敵ＭＯＢや素材アイテム名などから新規エリアや新規アイテムの存在を類推できる。

更《さら》に、指定された場所にいるＮＰＣ《ノン・プレイヤー・キャラクター》から詳《くわ》しく話を聞き、実際にその場所を訪《おとず》れて新しく開放されたエリアの存在を知ることができる。

そうしたプレイヤーを段階的に誘導《ゆうどう》する工夫《くふう》がなされているらしい。

「だからね。僕は、討伐クエストを受けるついでに、新しく開放されたエリアの素材も探しに行きたいんだよね」

「なるほど、そういう理由だったんだな。自分で探す喜びと言えば、図書館にも新素材とかに関するレシピ本とかが追加されてたし、新しいエリアに行けば、そのレシピに使う素材が見つかるかもな……」

「なに⁉ 図書館にそんな追加要素があったのか⁉ 抜《ぬ》かった……」

俺も新しい素材が見つかればいいなぁ、と漠然《ばくぜん》と考える一方、俺の呟きを聞いたクロードは、今すぐに図書館に調べに行きたそうにしている。

「はいはい、クロード。図書館に行くのは、また今度よ。今は討伐クエストを選んじゃいましょう」

そこでマギさんが軽く手を叩《たた》いて俺たちの視線を集中させる。

「そう言えば、マギさんの希望を聞いていませんでしたね」

「うん？ 私は、この武器の試《ため》し斬《ぎ》りができれば、どこでもいいかなぁ」

マギさんは、溶岩《ようがん》が冷えて固まったような赤と黒の戦斧《せんぷ》の魔《ま》改造武器を見せてくる。

一通りの希望が出揃《でそろ》った俺たちは、クエストボードから討伐クエストを探し始めるのだった。

●

「あっ、これなんてどうかしら？」

マギさんが樹海エリアで発生するクエストを見つけ、俺たちがその内容を確かめる。


――【討伐クエスト・巨人猿《きよじんざる》の討伐】――

樹海の巨人猿・スプリガンエイプを倒せ。

副報酬：一体討伐成功時、銀のクエストチップ18枚。


メインの報酬は、クエストクリアしてからのお楽しみであるために、クエストボードには書かれていない。

だが、副報酬のクエストチップの入手量から、クエストの難易度を推測することができる。

「ほら、一体討伐すれば銀チップが18枚は、美味《おい》しいんじゃない？」

「銀チップ18枚だから六人で山分けすると、ちょうど一人当たり銀チップ3枚だね！」

ＭＯＢの名前とクエスト内容から中型から大型の雑魚《ざこ》ＭＯＢだと予想して、クエストチップの報酬からセイ姉ぇとミカヅチと一緒《いっしょ》なら受けられる難易度だと判断した。

「ところで、樹海エリアってどこにあるんだ？」

樹海エリアの場所が分からずに首を傾げている俺に、セイ姉ぇが教えてくれる。

「樹海エリアは、第三の町の南西側にあるわ。アップデート前までは、エリアの壁に阻まれて行けなかったわねぇ」

第三の町の西側を殆《ほとん》ど意識しておらず、改めて知ることができた俺とリーリーが、へぇと感嘆《かんたん》の声を上げる。

そして、その場でクエストを受注した俺たちは、第一の町のポータルから第三の町に転移し、南西の樹海エリアを目指して移動する。

第三の町の周辺は、ロッククラブやストーンアルマジロ、サンドマンなどのＭＯＢが出現するが、更に南西方向に進んでいくと――

「おー、凄い。ここが樹海エリア……」

荒《あ》れた地面が落ち葉と苔《こけ》生《むし》した地面に変わり、俺たちは樹海エリアの入口を見上げる。

「ほら、ユンっち！　行こうよ！」

「リーリー、分かってるよ！」

俺とリーリーが斥候《せっこう》役として先頭を歩く中、エリアの壁に阻まれることなく樹海エリアに入ることができた。

森林は見慣れていると思っていたが樹海エリアに入ると、真《ま》っ直《す》ぐに伸《の》びた背の高い木々とその間から差し込む光の帯、足元に転がる苔生した岩と地面の調和に思わず溜息《ためいき》が漏《も》れてしまう。

「新しくこんなエリアが開放されたんだなぁ。今日は、ここに来れて良かったかも」

自然な動きで今見ている景色をスクリーンショットに撮《と》る俺とは対照的に、小走りで樹海の木々を確かめるリーリーが一本の木を見つける。

「僕は、この木を伐採《ばっさい》するからちょっと待ってね！」

リーリーは、インベントリから斧《おの》を取り出して木工素材の樹木を手に入れるために伐採を始める。

「それじゃあ、私たちもこの辺りの採取ポイントを探しましょうか」

俺とマギさん、クロードは、樹海エリアの採取ポイントを探し始める。

「ふふっ、ユンちゃんたちが楽しそうで良かったわ」

「あんまり離《はな》れすぎると、敵MOBに襲《おそ》われるぞー」

セイ姉ぇとミカヅチは、そんな俺たちを見守りながら、周囲から敵MOBが現れないか警戒《けいかい》してくれる。

「おっ、アップデートで追加された薬草があった」

「この樹海エリアは、金属や宝石系の素材の期待ができないわねぇ。こうなると敵MOBのドロップ素材の方を期待するしかないかなぁ」

「ふむ。採取ポイントの木の洞《うろ》には、面白《おもしろ》い素材が溜《た》まっているのだな」

俺とマギさんが地面の採取ポイントから素材を手に入れる一方、クロードはその長身を活《い》かして木の洞を覗《のぞ》き込み、洞の中から何かを取り出していた。

「クロード、その白いのはなんだ？」

「【星屑蚕《ほしくずかいこ》の繭玉《まゆだま》】と言うアイテムらしいな。上手《うま》く集めれば、いい生地《きじ》ができるかもしれない」

既《すで》に羽化して破けた繭であるが、【錬金《れんきん》】センスの《上位変換《へんかん》》スキルで繊維《せんい》にすれば、美しい糸が取れるかも知れない。

日に翳《かざ》すとラメ入りのようにキラキラと輝《かがや》く繭玉を気に入ったクロードは、いい笑《え》みを浮《う》かべながらインベントリに仕舞《しま》い込み、他《ほか》の洞にも繭玉がないか探し始める。

「みんな、木が倒れるから気をつけてねー！」

樹木の伐採をしていたリーリーは、木に最後の一振《ひとふ》りを振り下ろすと、樹木がメキメキと音を立てながら倒れてくる。

樹海エリアに木の倒れる音が反響《はんきょう》した直後に、俺の【看破】のセンスが反応する。

「っ⁉　何か来た！」

木々の合間を縫《ぬ》って飛んでくる存在に気付き、振り向く。

人ほどの大きさのフクロウ型ＭＯＢが無音のまま、猛《もう》スピードで立ち並ぶ木々の間をすり抜けて迫《せま》っていた。

気付いた時には、もう目の前に迫っており、こちらに足を掲《かか》げて鋭《するど》い爪《つめ》を向けられていた。

迫るフクロウの爪を【空の目】でゆっくりと感じる中、避《よ》けようと体を捻《ひね》る。

「あっ⁉」

「ユンくん⁉」

苔生した地面に足を滑《すべ》らせた俺は、尻餅《しりもち》を着き、眼前まで来たフクロウを見上げていた。

その直後、座り込んだ俺の頭上を棒状の物が通り抜け、正面から迫っていたフクロウの体を打ち据《す》えていた。

「えっ……うぉっ⁉　ミカヅチ！」

「だから注意しただろ？　敵ＭＯＢに襲われるってな」

尻餅を着いた俺の背後から六角棍《ろっかくこん》でフクロウ型ＭＯＢのシャドウ・オウルを突《つ》き、地面に落ちた相手に追い打ちを掛《か》けて光の粒子《りゅうし》に変える。

そして同時に、マギさんやリーリーにも音もなく襲い掛かっていたシャドウ・オウルたちがセイ姉《ね》ぇの魔法で氷漬《こおりづ》けにされて地面に落ち、光の粒子となって消える。

「近づいているのに、気付かなかった……」

「まぁ、それがシャドウ・オウルの特徴《とくちょう》だからな」

ミカヅチは俺を引っ張り起こし、シャドウ・オウルについて説明してくれた。

フクロウ型ＭＯＢのシャドウ・オウルは、無音飛行が可能で高い隠密《おんみつ》能力によりプレイヤーの発見系センスに対抗《たいこう》して、奇襲《きしゅう》を仕掛けてくるそうだ。

「へぇ……それでドロップが【影梟の風切羽】《かげふくろう》かぁ」

セイ姉ぇとミカヅチが倒《たお》したシャドウ・オウルのドロップアイテムをインベントリから取り出して、実際に手に取ってみる。

羽には、細かなギザギザの消音機構らしきものがあり、それのお陰《かげ》で静かに飛べるらしい。

「これを矢の合成素材に使えば、もっと気付かれにくくなるかな」

【シェイド濃緑染料《のうりよくせんりよう》】の認識《にんしき》阻害《そがい》と【影梟の風切羽】の消音効果を組み合わせたら、どうなるんだろう、と呟く。

「さりげなく、恐《おそ》ろしいことを言うなぁ。ユン嬢《じよう》ちゃんの長距離《ちようきより》射撃に、隠密性が高まったら、スナイパーとして普通《ふつう》に怖《こわ》いわ」

ミカヅチは、以前俺たちと戦ったＧＶＧ《ギルド・バーサス・ギルド》で、俺に狙撃《そげき》された苦い記憶《きおく》を思い出して嫌《いや》そうな表情を浮かべている。

「僕は、この羽を沢山《たくさん》集めて羽箒《はねぼうき》を作りたいかな。削《けず》った木屑《きくず》を払《はら》うのにちょうどいいかも」

「俺としては、堅《かた》くしっかりしているから羽毛として使うには適さないな。まぁ先程《さきほど》手に入れた繭玉から絹綿も作れるだろうし、そちらの方を研究するか」

リーリーとクロードも俺と同じようにシャドウ・オウルの羽を指先で持っている。

「新しい生産素材を楽しむのはいいけど、本命のスプリガンエイプの討伐《とうばつ》も忘れちゃだめよ。肩慣《かたな》らしに樹海のＭＯＢのドロップアイテムを集めながら行きましょう」

マギさんに言われて、本来の目的を思い出した俺たちは、セイ姉ぇとミカヅチのフォローを受けつつ、樹海エリアを探索《たんさく》していく。

樹海エリアでは、奇襲を仕掛けてきたシャドウ・オウルの他に三種類のＭＯＢと遭遇《そうぐう》した。

一種類目の敵ＭＯＢは、湿地《しっち》エリアで樹木に擬態《ぎたい》する強ＭＯＢの亜種《あしゅ》であるオールド・トレントだ。

湿地エリアに出現するトレントよりも全体的なステータスが高いが、基本的な行動パターンには殆ど変化がないので、問題なく倒すことができた。

二種類目の敵ＭＯＢは、プレイヤーの足音を聞いて地中から現れたモグラ型ＭＯＢのグランドモールだ。

中型ＭＯＢほどの大きさのグランドモールは、鋭い爪で地表の土を退《ど》かしながら、地面から上半身だけを出して、こちらと対峙《たいじ》してくる。

「よし、やるわよ！」

「うむ。モグラの毛皮を手に入れるぞ！」

目が見えないのか、鼻先をヒクつかせてプレイヤーのいる位置を把握《はあく》するグランドモールが俺たちに襲い掛かってくる。

グランドモールの行動パターンは、爪の引っ掻《か》きと土魔法だけである。

だが――

「──《弓技《きゆうぎ》・一矢縫《いっしぬ》い》！　……はぁっ!?」

俺の長弓から放たれた矢がグランドモールの腕《うで》に当たったが、その艶《つや》やかな毛皮によって阻《はば》まれたことに、驚《おどろ》きの声を上げる。

更《さら》に──

「くっ、きゃっ！」

「マギっち、大丈夫《だいじょうぶ》!?」

マギさんが戦斧《せんぷ》を持って正面から挑《いど》んでいくが、グランドモールが振るう腕に押し負け、大きく弾《はじ》き飛ばされてしまう。

「大丈夫よ！　だけど、グランドモールって結構、攻撃力《こうげき》と防御力《ぼうぎょ》が高いわね。見た目に騙《だま》されたわ」

グランドモールは、鼻先をヒクヒクさせる愛嬌《あいきょう》のある仕草、ビロード状の艶のある触《さわ》り心地《ごこち》のよさそうな毛並み、そして丸っこいシルエットが敵ＭＯＢながらに愛らしさを感じる。

だがその実、移動速度は遅《おそ》いが物理攻撃と防御に優《すぐ》れたＭＯＢだった。

「モグラは、土の中を掘《ほ》って進む必要があるから腕や胸部の筋肉が発達しているらしいな。それを反映した形で上半身の部分的な防御力が高いのだろうな」

「モグラは、マッチョなんだね」

クロードがモグラの雑学を披露《ひろう》し、リーリーが相槌《あいづち》を打つ。

「ほらほら、少し手を貸すから頑張《がんば》れよ」

「マギちゃんもダメージを受けたから回復しましょう。――《ハイヒール》！」

単純な攻撃力の高さに苦戦させられる俺たちに、ミカヅチとセイ姉ぇがサポートに入ってくれる。

ミカヅチがヘイトを集めてグランドモールの攻撃を引き付け、セイ姉ぇから回復魔法を受けて戦っていく。

グランドモールの腕や胸部の防御力が高いので、マトモにはダメージを通せないリーリーは、頭部や背中などの急所を狙《ねら》って攻《せ》めていく。

俺は、ＡＴＫのエンチャントを掛け、リーリーと同じようにダメージの通りやすい部位を《食材の心得》で探し出して、狙っていく。

そうして時間は掛かったがグランドモールを倒した結果、大土竜《もぐら》の爪と毛皮の二種類のアイテムがドロップした。

「ふむ。これは中々いい手触《てざわ》りだな」

「なんか気持ちが良くて何時までも頬擦《ほおず》りしたくなる」

クロードは、インベントリからビロード状の毛皮を取り出して、その肌触《はだざわ》りの良さを堪《たん》能《のう》し、リーリーがその毛皮に頬擦りして気持ち良さそうに目を細めている。

三種類目の敵MOBは、エビル・ラクーンという犬ほどの大きさのアライグマ型のMOBだ。

それが三体から五体の群れで樹海の木々を盾《たて》にしながら、接近してくる。

平地や直線なら真《ま》っ直《す》ぐに矢で狙えるが、左右に動かれると、狙いが付け辛《づら》く木の裏側に隠《かく》れられると、矢の射線が切られてしまう。

更に――

「うおっ!? 数が増えた! って、偽物《にせもの》か!」

木の裏に隠れたエビル・ラクーンが木の裏から飛び出した時、二体に増えていた。

その内の一体を反射的に矢で射貫《いぬ》くと、白い煙《けむり》を上げて木の葉が舞《ま》い上がる。

そうして、木々に隠れて偽物で翻弄《ほんろう》してくるエビル・ラクーンたちに接近を許し、体当たりや棍棒《こんぼう》のように硬化《こうか》した尻尾《しっぽ》のスイングが襲《おそ》ってくる。

「可愛《かわい》い顔して、動きがえげつない!」

接近されたために、武器を弓から解体包丁に切り替《か》えて攻撃して倒すが、何度か体当たりや尻尾の打撃を受けて、地味にダメージを負ってしまった。

ただエビル・ラクーンの分身は初見殺しだったが、二度目以降は落ち着いて【看破】のセンスで見分けて、接近する前に数を減らすことができた。

そうやって樹海エリアを進んでいくと、俺たちはついに探していた敵MOB――スプリガンエイプを見つけることができた。

体長4メートル以上ある白い毛並みの巨大《きょだい》な猿《さる》は、地面に胡座《あぐら》を掻いて座っていた。

「どうする？　折角の討伐クエストだから、四人だけで腕試《うでだめ》しするか？」

ミカヅチが長い腕で背中を掻いているスプリガンエイプを見つめながら尋《たず》ねてくる。

樹海エリアに入ってから今までセイ姉ぇとミカヅチは、俺たちのフォローをしてくれたが、スプリガンエイプの討伐に対しては、手出しせずに見守るようだ。

「俺たち四人で挑んでみるのもいいが、どうだ？」

「私はやってみたいわね。それに後ろにセイさんとミカヅチさんが控《ひか》えているなら、安心して全力でぶつかれるし」

マギさんの言葉に俺とリーリーが同じように頷《うなず》き、四人での挑戦《ちょうせん》が決まる。

「ユンちゃんたち頑張ってね！」

俺たちは、セイ姉ぇの声援《せいえん》を受けて、スプリガンエイプに挑んでいく。

「それじゃあ、いくぞ。《空間付加《ゾーン・エンチャント》》――アタック、ディフェンス、スピード！」

俺は、俺とマギさん、リーリーに三重エンチャントを施《ほどこ》し、準備をする。

「《呪加《カースド》》――アタック、ディフェンス、スピード！　――《弓技・一矢縫い》！」

そして、まだこちらに気付いていないスプリガンエイプに対してカースドを掛けて、腰《こし》を上げて振《ふ》り返った瞬間《しゅんかん》にアーツの矢を放つ。

『ホホホッ、キイイイッ――！』

牙《きば》を剝《む》いて甲高《かんだか》い威嚇《いかく》の声を上げるスプリガンエイプの肩《かた》に矢が突き刺《さ》さると、立ち上がった体にぎこちなさが生まれる。

「【麻痺《まひ》】が成功した！　畳《たた》みかけて！」

それと同時に、マギさんとリーリーが飛び出し、クロードも杖《つえ》を掲《かか》げる。

「ユンくん、ナイス。行くわよ、はぁあっ！」

【麻痺】の状態異常《バッドステータス》薬を合成した矢を受けて動きが鈍《にぶ》るスプリガンエイプに、マギさんが戦斧を叩《たた》き付ける。

物理攻撃に特化された魔《ま》改造武器のフルスイングは、倍以上ある体格のスプリガンエイプをノックバックさせ、更に尻餅《しりもち》を着かせる。

そこにリーリーが接近して両手に構えた短剣《たんけん》で細かく攻撃を入れていく。

『キイイイッ――』

そんな攻撃を嫌がるスプリガンエイプは、麻痺で鈍る体から鞭《むち》のように長い両腕を振って攻撃してくるが、二人は軽《かろ》やかに後退し、その瞬間を俺とクロードが狙う。

「――《魔弓技《まきゆうぎ》・幻影《げんえい》の矢《や》》！」

俺が放った矢は、赤い尾《お》を引いて駆《か》け抜《ぬ》け、赤い尾から分裂《ぶんれつ》した5本の魔法の矢がスプリガンエイプの体を捕《と》らえる。

「――《ダーク・スピア》！」

更にクロードは、掲げた杖から闇《やみ》の槍《やり》を放ち、ダメージを負わせていく。

「まだまだ、はぁぁっ！」

俺とクロードの遠距離からの攻撃で一瞬怯《ひる》んだスプリガンエイプに向かって、再度マギさんが飛び込む。

敵のＨＰは、現在９割と中々にいいペースで削れており、更に状態異常の効果を継続《けいぞく》させるためにカースドや麻痺矢を放ち、重ね掛《が》けする。

他《ほか》にも何種類もの状態異常の矢を使いながら、ＨＰを８割まで削る。

このままなら倒《たお》せると感じながらも、報酬《ほうしゅう》のクエストチップの枚数の割には弱いようにも感じる。

そして、そんな不安を抱《かか》えながらＨＰが７割を切り、とうとう【麻痺】の状態異常が掛からなくなった。

「マギさん、リーリー！　そろそろ【麻痺】が切れます！」

「分かった。一旦《いったん》引いて、様子見をするわ！」

「了解《りょうかい》だよ！」

マギさんとリーリーが一度攻撃の手を弛《ゆる》めて、スプリガンエイプから距離《きょり》を取る。

不意打ちの初撃からずっとこちらのペースであったために、万全のスプリガンエイプの動きが予想できない。

そのために相手の能力を計るために距離を取って警戒《けいかい》する。

『ホホホッ、キィイイッ――！』

癇癪《かんしゃく》を起こすように激しく地面に両腕を叩き付け、甲高い威嚇を上げたスプリガンエイプは、次の行動として――逃走《とうそう》を選んだ。

●

「……はい？」

流石《さすが》に、これは予想外の展開で俺が上擦《うわず》った声を上げて、マギさんたちも唖然《あぜん》とする。

4メートルを超《こ》す巨人猿《きょじんざる》が近くの木々に跳《と》び上がり、軽やかに木々を飛び移って瞬《またた》く間に樹海エリアの奥に逃《に》げていくのだ。

しかも樹海には、こちらを嘲笑《あざわら》うような甲高い鳴き声が木霊《こだま》している。

「に、逃げたぁぁぁっ!?　えっ、なんで!?」

「ちょ、みんな追い掛けないと！　追わないと」

「まぁ待て。落ち着け！」

正気に戻《もど》ったマギさんとリーリーが追い掛けようと一歩踏《ふ》み出すが、クロードに止められて振り返る。

そして、そんな俺たちの様子にセイ姉《ね》ぇが小刻みに肩を震《ふる》わせ、ミカヅチがククッと押し殺したように笑っているのに気付く。

「セイ姉ぇ、ミカヅチ。もしかして、この討伐《とうばつ》クエストの全容を知っているのか？」

「ええ、でも初見だからネタバレなしね。ごめんね」

「まぁ、手伝って欲しい時は言ってくれ。それまで見守らせてもらうから」

そう言って、愉快《ゆかい》そうに笑うミカヅチに俺がジト目を向ける。

だが、樹海の奥にスプリガンエイプが逃げてしまったために、そうしている時間も惜《お》しいので、小さく溜息《ためいき》を吐《つ》いて視線を外す。

「ダメージを負わせたんだ、回復される前に追撃《ついげき》するぞ。リーリーは先導を頼《たの》む」

「わかったよ。逃げた方向は、あっちだよね！」

早速《さっそく》、クロードが逃げたスプリガンエイプを追跡《ついせき》するために、パーティーの指揮を執《と》る。

そして進んでいくと、時折木々から降りたのか苔生《こけむ》した地面にスプリガンエイプの足跡《あしあと》が残されており、逃げた方向を見失うことは無かった。

ただ、ここに来て妙《みょう》な違和感《いわかん》と言うか、気持ち悪さのようなものが付き纏《まと》う。

（スプリガンエイプは弱く感じたけど、一定ダメージを与《あた》えたら逃げる敵ＭＯＢとしては適正難易度なのか？　でも、それならわざわざクエスト内容に一体毎《ごと》の報酬を記載《きさい》する必要はないし、他のスプリガンエイプの姿も見ないし……）

なんだろう、追っているはずのスプリガンエイプに誘導《ゆうどう》されているような気がする。

そして、足跡を辿《たど》っていくと、樹海に飲み込まれた遺跡《いせき》を見つけた。

「この中に逃げ込んだのかしら？」

マギさんが遺跡を見上げながら、崩《くず》れた遺跡の横穴から中を覗《のぞ》き込む。

天井《てんじょう》の崩れた遺跡の中心には、スプリガンエイプが最初に見つけた時と同じように胡座を掻《か》いてこちらに背を向けていた。

「ＨＰはもう回復しているのか。だが、ここまで来たんだ。今度は逃げないだろう」

戦うには打って付けの遺跡で待ち構えているスプリガンエイプを、今度こそ倒すために攻撃《こうげき》を仕掛ける。

先程《さきほど》と同じようにマギさんとリーリーが前衛に立ち、俺とクロードが後衛からの射撃と魔法で支援する。

セイ姉ぇとミカヅチが俺たちを見守る中、再度スプリガンエイプとの戦闘《せんとう》が始まる。

先程と同じ行動パターンのために、序盤《じょばん》は苦戦することなくダメージを与えられる。

だが、ずっと喉元《のどもと》に引っかかるような違和感を感じながら、スプリガンエイプの巨体に矢を放っていく。

状態異常を使わずに戦うスプリガンエイプ本来の動きは、中々にトリッキーだった。

遺跡の床《ゆか》を転がり回る巨体の押し潰《つぶ》しや長い両腕からの叩き付け、鞭のように両腕を交《こう》互《ご》に振るう引っ掻き、前衛の背後に回る跳躍《ちょうやく》など、独特な動きでこちらを翻弄しようとする。

それでもスプリガンエイプの動きを注視すれば、どの行動にも溜《た》めのような予備動作があり、避《よ》けることは比《ひ》較的《かくてき》簡単だった。

そうしてＨＰが再び７割を切ったところで――

『ホホホッ、キィイイッ――！』

ダメージを伴《ともな》う甲高い咆哮《ほうこう》を上げ、前衛のマギさんとリーリーが咆哮の衝撃波《しょうげきは》で後退する。

その時、頭上の崩れた天井から差し込む光が遮《さえぎ》られて、見上げると、大きな影《かげ》が落ちてくることに気付く。

『キキキィィィッ――！』

「嘘《うそ》だろ……二体目って……」

残りHPが同じく7割ほどの二体目のスプリガンエイプが突如《とつじょ》として遺跡の崩れた天井から俺たちの後方に降りてきたのだ。

それもHPの減り具合から俺たちが最初に遭遇《そうぐう》した個体だと思われる。

「ぐっ、かはっ――⁉」

「がっ……！」

背後に降り立ったスプリガンエイプが長い腕《うで》を左右に振り抜き、俺とクロードは纏めて弾《はじ》き飛ばされて遺跡の床を転がる。

完全な不意打ちに混乱しながら立ち上がった俺は、セイ姉ぇとミカヅチに確かめる。

「セイ姉ぇ、ミカヅチ⁉　これって！」

二体目の出現に合わせて回避《かいひ》していたセイ姉ぇは心配そうに見つめ、ミカヅチが楽しげに俺たちを応援《おうえん》する。

「ユンちゃん！　厳しかったら言ってね！　すぐに手を貸してあげるから！」

「二体のスプリガンエイプを相手に、四人で行けるところまで頑張《がんば》ってみろ！」

二人に応援されて半ばやけくそ気味に、二体のスプリガンエイプを睨《にら》み付ける。

「全く、こんな内容だったのかよ！　分かってたら選ばなかったのに！」

このクエストは、スプリガンエイプを追跡して倒すのではなく、誘導された遺跡で二体のスプリガンエイプと同時に戦う討伐クエストなのだ。

クエスト内容に紛《まぎ》らわしい書き方をして、副報酬のクエストチップを一体分だけ書くことで、プレイヤーに難易度を低く見積もらせていたのだ。

初見殺しの討伐クエストに俺が一人ごちる中、隣《となり》のクロードは険しい表情を浮《う》かべている。

「中央に弾き飛ばされて、この配置は不味《まず》いな。挟《はさ》まれた……」

不意打ちのノックバックで遺跡の中央に寄せられた俺たちは、二体のスプリガンエイプに前後を挟まれる。

「最優先は、陣形《じんけい》の立て直しだ！　この包囲を……ぐわっ！」

「――クロード（クロっち）!?」

クロードが指示を出すが、その直後に対峙《たいじ》するスプリガンエイプの振《ふ》るう腕に殴《なぐ》られてHPを大幅《おおはば》に削《けず》られる。

更《さら》に、やられたクロードを確かめるために振り返ったマギさんとリーリーにもう一体のスプリガンエイプが襲《おそ》い掛かり、一気にパーティーの態勢が崩れる。

「くっ、どうすれば——」

クロードは、不意打ちと至近距離からの打撃でHPがゼロになった。

マギさんは、戦斧《せんぷ》の側面を盾《たて》にして耐《た》えているが、二体のスプリガンエイプの攻撃に徐々《じょじょ》にダメージが蓄積《ちくせき》していく。

俺とリーリーは、何とか前後の包囲から抜《ぬ》け出そうと隙《すき》を窺《うかが》うが——

『『ホホホッ、キィィイッ——!』』

「ぐっ、この震動《しんどう》は、動けない……」

「これは、僕たち、詰《つ》んだかも……」

後方のスプリガンエイプが両腕を断続的に地面に叩《たた》き付けて、俺たちの足元を揺《ゆ》らして動きを封《ふう》じる。

そして、正面のスプリガンエイプは、両手を硬《かた》く握《にぎ》り締《し》めて振り上げる。

揺れる足場で避けることもできずに、その両手で固めた拳《こぶし》で叩き潰された俺とリーリーのＨＰがゼロになる。

暗転する視界の中で、【蘇生薬《そせい》】の使用の選択肢《せんたくし》が現れて『ＹＥＳ』を選ぶとその場で蘇生することができた。

先に倒されたクロードやリーリーも手持ちの【蘇生薬】で復活できたが、回復できたのは、最大ＨＰの10％前後だった。

「回復量が少ない⁉　はっ、そうか！　回復量制限――ぐはっ⁉」

予想していたよりも回復量が低く動揺《どうよう》したクロードは、その隙を突《つ》かれてまたスプリガンエイプに殴り倒《たお》された。

俺とリーリーもポーションを飲んで回復してパーティーを立て直そうとする。

だが、前後を敵に挟まれているために、目の前の相手に集中していると死角にいるスプリガンエイプからの攻撃を受けて倒れるを繰《く》り返す。

その内、一番耐えていたマギさんも倒され、四人で仲良く倒されてからの蘇生、そして起き攻め《せ》からまた倒されるを繰り返し、詰みの状態になってしまう。

「くそっ！」

俺は、この状況《じょうきょう》から抜け出すために蘇生薬で蘇《よみがえ》った直後、スプリガンエイプの攻撃範囲《はんい》から逃《のが》れるように駆《か》け出す。

頭上で振り抜かれた豪腕《ごうわん》を地面を転がるように避けて、インベントリから取り出したメガポーションを呷《あお》るように飲んで回復する。

「マギさんたちから引き離《はな》して時間を稼《かせ》がないと――」

前のめりになりながら遺跡の端《はし》に向かい、遺跡の壁《かべ》を背に息を整える。

「ふう、ふう……こっちだ！」

俺は、何とか抗《あらが》おうと装備をヴォルフ司令官の長弓に切り替《か》え、アクセサリーも【身代わり宝玉の指輪】を装備する。

これで時間を稼ぎ、マギさんたちが体勢を立て直せれば、まだ戦える。

「いっけぇ！　――《シュートボム》！」

長弓を手に持つが、弓では矢を番《つが》えて引くという動作からテンポが遅《おく》れてしまう。

俺は、速さを重視した土魔法の《シュートボム》を魔《ま》改造武器にある追加効果の【スキル拡散（数）】で三倍に増やしてスプリガンエイプに放つ。

「――《シュートボム》《シュートボム》《シュートボム》！」

切迫《せっぱく》している状況での我武者羅《がむしゃら》な魔法の連打だが、自動追尾《ついび》効果のある《シュートボム》は軌道《きどう》修正をしながらスプリガンエイプの巨体に次々と当たっていく。

【スキル拡散（数）】で数の増えた魔法の連打により《シュートボム》の黄色掛《が》かった爆《ばく》

煙《えん》がスプリガンエイプの体を覆《おお》い隠《かく》すが――

『ホホホッ、キィィィッ――！』

爆煙を吹《ふ》き散らす咆哮を一体が上げ、その咆哮で身動きが取れなくなった俺に向かって、もう一体が突進《とっしん》してくる。

「グッ、かは……」

体当たりで吹き飛ばされて、遺跡の壁にぶつかり跳《は》ね返る衝撃で地面に倒れるが【身代わり宝玉の指輪】のお陰《かげ》でダメージを無効化できた。

「ユンくん、避けて！」

蘇生薬で復活したマギさんの声に顔を上げると、咆哮を上げていたスプリガンエイプが跳躍からの踏《ふ》み潰しに掛かってくる。

「っ!?　――《シャドウ・ダイブ》！」

俺は、慌《あわ》てて【潜伏《せんぷく》】センスの緊急回避《きんきゅうかいひ》スキルの《シャドウ・ダイブ》を使い、跳躍していたスプリガンエイプの影に潜《もぐ》り込み、攻撃から逃れる。

「危ない。流石《さすが》に今のを受けたらヤバかった」

そして、俺のＭＰが勢いよく減る中で、蘇生薬で復活したマギさんたちはポーションで万全な状態まで立て直せていた。

「よし、俺も行くか！」

影の中でスキル《食材の心得》を発動させると、スプリガンエイプの背中に急所のマーカーが現れる。

「――いっけぇ！《弓技《きゅうぎ》・鎧通し《よろいとおし》》！」

影の中から飛び上がった俺は、影の持ち主のスプリガンエイプの背中に至近距離《きょり》から矢を叩き込む。

魔改造武器に付与《ふよ》された【二重戦技】により、急所に向かって連続で同一アーツが放たれた。

《弓技・鎧通し》の防御《ぼうぎょ》無視と防御低下の効果で急所を狙《ねら》った二度目のアーツは、大ダメージを与《あた》えた。

だが、俺の抵抗《ていこう》は、ここで終わる。

『ホホホッ、キィィィッ――！』

敵のスプリガンエイプは二体おり、一体に大ダメージを与える大技《おおわざ》を放ってもその発動後の隙をもう一体に突かれる。

「ぐっ、放せ！」

『ムキィィィィッ――！』

「ちょ、えっ！　ま、待て――」

その手に捕《つか》まれた俺は、体勢を立て直したばかりのマギさんたちに投げつけられる。

投げられた俺は空中で抵抗ができない。また投げつけられたマギさんは、俺を守るために受け止める。

その隙を突いて、二体のスプリガンエイプの波状攻撃《こうげき》が再び始まる。

本当なら、投げられた俺を避《よ》けてマギさんは前衛として守りに徹《てっ》しなければいけなかった。

更に言えば、マギさんたちが倒れている間にスプリガンエイプにダメージを与えてヘイトを稼いだ俺を見捨てて、ヘイトをリセットさせるべきだった。

だけどマギさんたちは、投げられた俺を受け止めて、守るために後衛に下がらせた。

その結果、陣形が崩《くず》れ、ヘイト管理が不完全な状態で二体のスプリガンエイプを迎《むか》え撃《う》つことになる。

その結果――

「ダメだ！　俺にヘイトが集まって、また囲まれる！」

最初の体勢が崩れた時の焼き直しのように、俺を狙ったスプリガンエイプが跳躍《ちょうやく》してパーティーの背後に回り込み、挟み撃ちの状況になる。

先程《さきほど》は、【身代わり宝玉の指輪】があり、ＭＰにも余裕《よゆう》があったために蘇生薬の復活後に僅《わず》かでも立て直しの時間を稼げた。

だが、《シュートボム》の連打や《シャドウ・ダイブ》の緊急回避などでＭＰの残りは少なく、また嵐《あらし》のような波状攻撃でポーションによる回復の機会をことごとく潰《つぶ》され、無理に回復しようとしても咆哮《ほうこう》の余波で動きが止まり、ポーション瓶《びん》が割られて回復を阻害《そがい》される。

エンチャントによる強化もできず、ただ回復量の少ない蘇生薬では、立ち上がってもまた倒される。

そうしたジリ貧状態が続く中で、遂《つい》に俺たちだけではパーティーを立て直すことができず――

「ギブアップ！　セイ姉《ねえ》！　ミカヅチ、助けて！」

セイ姉ぇとミカヅチに助けを求めれば、セイ姉ぇが杖《つえ》を掲《かか》げる。

「――《アイス・ウォール》《アイシクル・ロック》！」

俺たちを守るように四方を囲う四枚の氷壁《ひょうへき》が生まれ、片方のスプリガンエイプの足元を氷が覆って動きを止めていた。

「セイ！　私は、左のやつを引き受ける！　嬢《じょう》ちゃんたちの立て直しが終わったら、一体は任せて、こっちに入ってくれ!!」

ミカヅチは、俺たちを守る氷壁を壊《こわ》そうと拳を叩き付けるスプリガンエイプに駆け出し、インベントリから取り出した投槍《なげやり》を顔面に投げてヘイトを集める。

「わかったわ。――《ラウンド・ヒール》！」

セイ姉ぇは、氷魔法でもう一体のスプリガンエイプの足止めと牽制《けんせい》をしながら、俺たちに合流して回復魔法を使う。

「ミカヅチが一体を惹《ひ》き付けてくれたから、今のうちに移動しましょう！」

「セイ姉ぇ、ありがとう……」

「ふふっ、お礼はまだ早いわよ」

そうして俺たちは、セイ姉ぇに誘導《ゆうどう》されて、二体のスプリガンエイプに挟《はさ》まれない位置まで移動して、エンチャントを掛け直してパーティーを立て直す。

前衛のマギさんとリーリーに後衛の俺とクロードは、二体のスプリガンエイプの動きを常に視界に収められるように動く。

セイ姉ぇは、俺たちの立て直しが終わったらミカヅチに合流して、もう一体のスプリガンエイプを相手取る。

俺たちは、目の前のスプリガンエイプとの立ち位置に気をつけながら戦う。

マギさんは、防御寄りに立ち回って、スプリガンエイプの立ち位置を固定する。

リーリーは、小柄《こがら》な体格と手数の多さでヒット・アンド・アウェイの戦法を繰り返す。

俺とクロードは、予備動作から跳躍などの立ち位置を変える動きを察知して、強力なアーツやスキルを浴びせてその動きを阻止《そし》する。

そうした立ち回りをしつつ、視界の端でセイ姉ぇたちと戦っているもう一体のスプリガンエイプを気にする。

スプリガンエイプが一体だけなら、予備動作などの隙《すき》から余裕を持って戦うことができた。

だが、二体同時だとそれぞれのスプリガンエイプの攻撃が、もう一体の予備動作の隙を埋《う》めて波状攻撃のように襲《おそ》い掛かってくるので、難易度が劇的に上がる。

「これで仕舞《しま》いだ！　はぁぁぁっ——《雷炎爆打《らいえんばくだ》》！」

足元を氷漬《こおりづ》けにされて膝《ひざ》を付いたスプリガンエイプに、炎《ほのお》と雷《かみなり》を纏《まと》ったミカヅチの六角棍《ろっかくこん》が振《ふ》るわれて、激しい爆発と放電が起こる。

そして、ゆっくりと後ろに倒れる巨人猿《きょじんざる》の体が光の粒子《りゅうし》となって消えていくのを見た。

『ホホホッ、キイイイッ——！』

そして、仲間のスプリガンエイプが倒されたことで、俺たちが相手をしていたスプリガンエイプが甲高《かんだか》い咆哮を上げて両腕《りょううで》で自身を鼓舞《こぶ》するように胸を叩《たた》く。

「発狂《はっきょう》モードに入ったからさっきより攻撃が激しくなるぞ！　気張れ！」

そして、セイ姉ぇとミカヅチと合流して攻撃の激しさが増したスプリガンエイプを攻めていく。

確かに、発狂モードに入ったスプリガンエイプの攻撃は激しいが、前衛にミカヅチが立つ安心感と後衛に加わったセイ姉ぇの魔法火力によって、瞬《また》く間《ま》にＨＰを削《けず》っていく。

「これで、ラスト！」

『キィイィッ――――！』

最後は、マギさんの戦斧《せんぷ》がスプリガンエイプの体を切り裂《さ》き、甲高い悲鳴を上げながら光の粒子となって消える。

こうして、不格好で、不本意な、初見殺しの討伐《とうばつ》クエストを達成したのだった。

五章　改良蘇生《そせい》薬と養蜂《ようほう》箱

二体のスプリガンエイプとの戦闘《せんとう》を終えた俺たちは、疲《つか》れた体を引き摺《ず》るようにして、クロードの店である【コムネスティー喫茶《きっさ》洋服店】まで戻《もど》ってきた。

「全く、もー、ほんとなんだよー。難易度は易《やさ》しめかと思ったけど、二体同時に戦うなんて聞いてないって」

「だよねー。ホントに、あの起き攻《ぜ》めは、酷《ひど》かったね」

反省会も兼《か》ねた休憩《きゅうけい》では、俺がテーブルに突《つ》っ伏《ぷ》しながら不満を口にし、リーリーが相《あい》槌《づち》を打つ。

その様子にセイ姉ぇとマギさんたちは、苦笑《くしょう》を浮《う》かべている。

クエストは、セイ姉ぇとミカヅチの助力のお陰で達成でき、クエストチップを手に入れることができた。

だからと言って、クエストの内容に納得《なっとく》できるかは、別問題である。

クエスト内容には、スプリガンエイプを一体討伐で銀チップ18枚と書かれていた。

実際には、二体のスプリガンエイプを同時に相手をしなければならず、その報酬《ほうしゅう》も銀チップ36枚――一人当たりで換算《かんさん》すると、銀チップ6枚だ。

銀チップは4枚で金チップ1枚に変換《へんかん》できるので、今回のクエストは実質金チップ1・5枚分の難易度のクエストに等しかった。

「まぁ、いいじゃないか。ユンの嬢ちゃんは、これで目標の銀チップの枚数に届いて【個人フィールド所有権】と交換《こうかん》できるだろ」

「まぁ、そうなんだけど……やっぱり、納得いかない」

スプリガンエイプとの戦闘は、決して引けを取っているようには思えなかった。

なのに、途中《とちゅう》からの二体目の乱入以降、良いようにあしらわれたことに不満が残る。

「圧倒《あっとう》的にステータス差で負けてるなら諦《あきら》めが付くけど、今回は立ち回りと囲まれた時の対策が無かったから次はもっとスマートに戦いたい！」

「まぁ、そうよね。私も力が通用するのに、十分に発揮できなかったのは、悔《くや》しいわね」

「僕も、ユンっちとマギっちと同じ気持ちだよ……」

マギさんとリーリーも俺の意見に同意してくれる。

「ふむ。では、それぞれ今回の反省点を出して、新しいアイテムを作り、リベンジを目指そうじゃないか」

して指摘《してき》してくる。

クロードの提案に俺たちが力強く答えると、ミカヅチが楽しそうな笑《え》みを浮かべて指摘《してき》してくる。

「私の見立てじゃ立ち回りと慣れさえあれば、今の段階でもさっきの討伐クエストは四人だけでも勝てたと思う。それなら、反省と立ち回りの改善だけで十分じゃないのか」

「それでも今回の戦いで感じた不足は、他の強敵でも起こりえることだからな。それを踏《ふ》まえて必要だと思ったアイテムを揃《そろ》えるのが、生産職プレイヤーというものだ」

ミカヅチの指摘にクロードがそう力強く言い切り、俺たちも同意するように頷《うなず》く。

【個人フィールド所有権】の交換に必要なクエストチップが揃った今は、スプリガンエイプにリベンジする旨味《うまみ》は薄《うす》い。

それでも生産職としては、今回見つけた反省点を解消しないまま過ごせない。

この反省点を解消するまで【個人フィールド】は、お預けにしておくつもりだ。

「それじゃあ、決まりね！　今回の反省を生かして早速《さっそく》、新しいアイテムを考えましょう」

マギさんが音頭《おんど》を取りながら俺たちは、先程の戦闘の反省点を上げていく。

・戦闘の問題としては、囲まれた時に上手《うま》く有利な立ち位置に移動できなかった点。

・HPがゼロになって倒《たお》れた後、【蘇生薬】で復活しても回復量が低く起き攻めされた点。
・戦闘職に比べてステータスが低いために、受けるダメージが多く、与《あた》えるダメージが少ないために戦闘が長引き、消耗《しょうもう》しやすい点だ。

基本的に、この三つの問題点が上がり、俺たちはそれを一つずつ考えていく。

「囲まれた後は、挟み撃《う》ちで戦闘が不利になるから、初めから囲まれないように立ち回るのが理想だろうけど……」

「難しかったよね。いきなりジャンプして後ろに回られたりするから。それに囲まれてもステータスが高いなら攻撃《こうげき》を受けながらでも、無理に立ち位置を変えることができたよね」

生産職プレイヤーは、基本DEXステータスが高い傾向《けいこう》にあるが、耐久面《たいきゅうめん》はそれほど高くない。

「なら、一時的に足止めに使えるアイテムが欲《ほ》しいわね」

「そう言えば、ユンっちの【クレイシールド】や【マッドプール】なんかのマジックジェムが一番足止めには理想だよね。なんでユンっちは、マジックジェムを使わなかったの？」

「マジックジェムは、キーワード発動からのタイムラグがあるからなぁ。取り出して使おうとしたけど、その前に起き攻めで殴《なぐ》られたから上手くできなかった」

リーリーの疑問に俺がそう答えるとマギさんたちも納得し、アイテムの改善点が出る。

「それなら、マジックジェムよりもっと即時性《そくじせい》は必要ね。けど、足止めアイテムが新しく出るとユンくんは困らない？」

【クレイシールド】や【マッドプール】などのマジックジェムと競合することをマギさんが心配するので、俺は大丈夫《だいじょうぶ》だと答える。

「マジックジェムにはタイムラグがあって即時性が微妙《びみょう》ですけど、設置からの起動って罠《わな》として使えるので、そこは差別化できていると思いますよ」

俺がそう答えるとマギさんは、安心したように小さく笑う。

「なら私は、即時性のある足止めアイテムを銃弾《じゅうだん》で作ろうかしら。前に言った特殊弾《とくしゅだん》なんかピッタリじゃない？」

マギさんは、既《すで》に特殊弾として非殺傷のゴム弾を一緒《いっしょ》に作り上げた【素材屋】のエミリさんに協力を頼《たの》むようだ。

俺も手伝いたいが、俺には俺の生産分野がある。

「それで、蘇生薬の回復量に関しては、ユンだが……」

「そっちは、今手持ちの解除素材で【蘇生薬】の改良をしてみるよ。ただ、ステータスの低さを補うのはなぁ……」

戦闘開始前に、俺がマギさんたちにエンチャントを掛《か》けてステータスを底上げしているが、ＨＰがゼロになって【蘇生薬】で復活すると、それらの強化効果は消えてしまう。

そうした無強化状態と低いＨＰでの復帰で起き攻めされたから、中々立て直しが難しかった。

「それに関しては、俺とリーリーで考えがある」

「僕とクロっちでＧ　Ｖ　Ｇ《ギルド・バーサス・ギルド》用の軍団アイテムを新しく作ろうと思うんだ。それなら設置しておけば、壊《こわ》されない限り効果が続くし、ユンっちのエンチャントとも重複するよ」

クロードとリーリーの言うＧＶＧ用の軍団アイテムとは、剣《けん》や旗などの形をした味方プレイヤーのステータスを底上げしてくれる範囲《はんい》型のオブジェクトアイテムのことだ。

以前、シチフクたち【ＯＳＯ漁業組合】のガレオン船の完成のお祝いに送った大漁旗がそれに該当《がいとう》する。

「決まったみたいね。もし足りない素材があったら教えてちょうだい。私達が素材を集めてくるわ」

「気分転換《てんかん》で冒険《ぼうけん》したい時は、【ヤオヨロズ】のギルドホームに来るといい。私が居れば手伝うし、居なくても誰《だれ》かしらが手伝うだろう。それとできた新しいアイテムを私たちにも売ってくれよな」

俺たち生産職の目標が決まり、セイ姉《ね》ぇとミカヅチからの協力の申し出やアイテムの注文に笑みを浮かべる。

そして、【コムネスティー喫茶洋服店】での反省会を終えた俺たちは、その場で解散する。

セイ姉ぇとミカヅチは、【ヤオヨロズ】のギルドホームに帰り、リーリーとクロードは、そのまま喫茶店の奥にあるクロードの工房《こうぼう》で軍団アイテムの打ち合わせをするそうだ。

「ユンくん、行きましょうか」

「はい！　フレンド通信で知らせておきますね」

そして俺とマギさんは、【素材屋】のエミリさんの工房に向かう。

俺は改良型【蘇生薬】を作るために注文していた【血の宝珠《ほうじゅ》】を受け取りに、マギさんは特殊弾の作成の協力をお願いしに向かう。

何度も来ているのに迷いそうになる路地裏の小さな工房に入ると、分解炉《ろ》と錬金釜《れんきんがま》の前にエミリさんが立っていた。

「……ユンくんとマギさん、いらっしゃい」

事前にお店への訪問をフレンド通信で連絡《れんらく》していたので、扉《とびら》を開けると微笑《ほほえ》みを浮かべたエミリさんが迎《むか》え入れてくれる。

「エミリさん、こんにちは。前に頼んだ【血の宝珠】を受け取りに来たよ」

「それなら、予備も含《ふく》めて五個作っておいたわ。お代は、250万Gね」

俺は、エミリさんに代金を支払《しはら》って五個の【血の宝珠】を受け取る。

「いよいよ、改良型【蘇生薬】を作るのね。それともようやく【個人フィールド所有権】を交換して【ムーンドロップ】の栽培《さいばい》の目処《めど》が立った？」

「討伐《とうばつ》クエストを受けた時、回復量が低くて起き攻め喰《く》らっちゃったから、リベンジのために作ろうかな、って」

本当は、【個人フィールド所有権】で作り出した高原エリアで【ムーンドロップ】を栽培して数を増やしてから蘇生薬の改良を始めようと思った。

だが、スプリガンエイプ相手に無様な戦いを繰《く》り広げたので、リベンジが成功するまで交換はお預けにするつもりだ。

その後、エミリさんとの世間話が終わったマギさんが話を切り出す。

「エミリちゃん。私に協力してくれない？」

「協力ですか？」

「ええ、【銃《じゅう》】センスに使える新しい特殊弾の開発に力を貸して欲しいの！」

マギさんがそう言うと、エミリさんは俺とマギさんの顔を交互《こうご》に見て、先程《さきほど》の世間話の中で出たリベンジの事がマギさんにも関係あると気付く。

「わかりました、お手伝いしますよ」

「ありがとう、エミリちゃん！」

その後マギさんは、ゴム弾に続く新たな特殊弾のコンセプトをエミリさんに伝えていく。

「足止め用の特殊弾ですか……それならコカトリスの素材があるからいけるかな……」

マギさんの説明に、エミリさんの頭の中では明確な効果のある特殊弾のイメージが固まったようだ。

後は、マギさんとエミリさんだけで足止め用の特殊弾を作り出せそうなので、軽く断りを入れてから【素材屋】の工房を後にして俺は【アトリエール】に帰るのだった。

●

【アトリエール】に戻《もど》った俺は、改良型蘇生薬《そせいやく》を作るために、素材を確認していく。

「使う素材は、メガポーションに使う【薬秘草《やくひそう》】とMPポットに使う【魂魄草《こんぱくそう》】。煎《せん》じた薬草を煮《に》る【生命の水】。それに【桃藤花《とうとうか》の花びら】……」

ここまでは、基本的に普段《ふだん》作る【蘇生薬】に使われる素材である。

そこに更《さら》に、回復量制限を解除するための素材の候補も並べていく。

「血液アイテムと【妖精《ようせい》の鱗粉《りんぷん》】。それと【ムーンドロップ】と……」

露店《ろてん》などで買い集めた様々な種類のMOBの血液アイテムとエミリさんに作って貰《もら》った【血の宝珠】。

時折、【アトリエール】に遊びに来るイタズラ妖精が落としていく【妖精の鱗粉】。

そして、合成MOBのクーラージェルによって冷やされたショーケース内で育ったムーンドロップの鉢植《はちう》えが並ぶ。

球根から育てたムーンドロップは、茎《くき》と葉っぱを伸《の》ばし、茎の先には仄《ほの》かに光る青白い花が咲《さ》いていた。

重なり合った薄い花びらを長く突《つ》き出して大きな花を形作り、まだ開かない内側の花弁が何かを包み込むように丸い形を作り出している。

花の青白さか、それとも内側の開かない花弁が作り出す丸みから月を連想したのか、不思議な花である。

「綺麗《きれい》だなぁ、流石《さすが》ファンタジー……っと、見惚《みと》れてる場合じゃない」

図書館で見つけた資料には、ムーンドロップの名前が記されていたが、どの部位が【蘇生薬】の解除素材として使えるか分からない。

それを確かめなければいけないと、鉢植えから花を引き抜《ぬ》き、部位毎《ごと》に切り分けて下処理していく。

「さて、まずは、メガポーションとMPポットを作って、それを成分濃縮器《のうしゅくき》に掛けて3対1の割合の混合液を作らないと」

俺は、一つずつ作業の手順を確かめながら、改良型の蘇生薬を作るための試薬を用意していく。

そして、大量に作った試薬に追加する解除素材を様々な条件で混ぜ合わせて、最適な調合レシピを求めていく。

俺は、いつもの研究用のノートを取り出し、思い付く限りの組み合わせを書き連ねていく。

「えっと、追加素材を投入するタイミングだよなぁ。【桃藤花の花びら】を入れる前と後で効果が違《ちが》うのか……いや、その前に、混合液を作る段階か、それより前のメガポやMPポットを作る段階か？　まぁ、それは、後でいいか」

どの血液系アイテムがコスパ的に最適なのか。

【妖精の鱗粉】を加える最適な量とタイミング。

ムーンドロップのどの部位が蘇生薬の解除素材として使えるのか。

使用した解除素材の種類による改良型蘇生薬の差を調べる必要性。

調べることが山ほどあるが、それもまた楽しくある。

「よし、やるか！」

そうした【調合】の細かな検証作業を一つずつ条件を変えて、丁寧《ていねい》に行っていく。

今までも繰り返してきた工程のために、慣れた手付きで一つずつの調合結果を書き留めていく。

「一応、爬虫類《はちゅうるい》系の血液も試《ため》したけど、全部失敗して毒薬になったか。まぁ元々毒が含まれてるから当然だよな。あー、でも【解毒薬】を加えて中和するとどうなるんだ？」

新たに湧《わ》き起こった疑問をノートに書き留めながら、目の前の素材を一つずつ調べていく。

「とりあえず、【竜種《りゅうしゅ》の血】の中だと飛竜と恐竜《きょうりゅう》の血液がコスパ的に悪くないかなぁ」

メガポーションとMPポットの試薬に【竜の血】に相当する血液系アイテムを混ぜ、【桃藤花の花びら】を溶《と》かし込んだ【蘇生薬】は、確かに回復量制限が解除されていた。

だが、それは完全ではなかった。

「うーん。ステータス上の表記だと回復量が下がってるなぁ」

通常の蘇生薬は、蘇生時にＨＰの８割まで回復し、オマケとして一定時間毎にＨＰが回復する再生効果も存在した。

だが、【竜の血】を混ぜた改良型蘇生薬は、回復量制限は緩和《かんわ》されたが、肝心《かんじん》の蘇生薬の回復量自体が低下してしまった。

「うーん。血液系アイテム自体に何らかの工夫《くふう》を加える必要があるのか？」

血液自体に不純物が多いのだろうか、と考えながら最後にエミリさんに作って貰った【血の宝珠】を混ぜることにした。

【血の宝珠】の表面をナイフで削《けず》った粉末を薬包紙に載《の》せ、重さ毎に分けていく。

「【血の宝珠】の粉末をどのくらい混ぜたら蘇生薬として最適なのか……」

俺は、小さい量から順番に試薬に【血の宝珠】の粉末を混ぜて、【桃藤花の花弁】を溶かし込むと、今までとは違い【真紅《しんく》の蘇生薬】ができあがる。

蘇生薬・改【消耗品《しょうもう》】
【蘇生】HP＋80％【再生】HP＋1％／30秒
※回復量制限は、最大回復量の40％まで減少。

「ふぅ、一応回復効果は落とさずに、蘇生薬の改良はできるんだな」

アイテムステータスを見る限り、制限の緩和に成功したようだ。

「【蘇生薬】の解除素材は、一種類ずつで20％分緩和していく感じかな？」

一種類だけでは、制限の緩和にしかならないようだ。

素材名が読み取れなかった解除素材もあるが、判明している素材である【竜の血】【妖精の鱗粉】【ムーンドロップ】【サンフラワーの種油】の四種類を全《すべ》て使うことができれば、本来の回復量を取り戻せるかもしれない。

とりあえずノートには、【竜の血】には何らかの工夫が必要であることと、【血の宝珠】が代用可能である点。そして調合に最適な分量は3滴《てき》だと分かった。

「よし、次は【妖精の鱗粉】だなぁ」

こちらは、血液系アイテムのように種類が多くないので、投入量とタイミングを調べるだけで試行回数は少ない。

「【妖精の鱗粉】を沢山《たくさん》手に入れるために、妖精たちが好きなお菓子《かし》でも作るかな？」

俺は、そう呟《つぶや》きながらオーブンで焼かれるバターの匂《にお》いに釣《つ》られて集まってくるイタズラ妖精たちを想像して、一人でくすっと小さく笑ってしまう。

そうして調べ上げた【妖精の鱗粉】の最適な分量は、2グラムで、こちらも【桃藤花の花びら】の投入前が最適なタイミングだと分かった。

「さて、最後はムーンドロップだけか……どの部位が蘇生薬に使えるかな」

茶色い外皮を剥《む》いて摺《す》り下ろした球根を試薬に加えていくが、こちらは失敗に終わる。

どうやら球根には、毒があるらしく毒薬になってしまった。

「あー、失敗かぁ。次は茎を試してみるか」

その後、茎や葉っぱをそれぞれ煎じて、蘇生薬の試液に混ぜ、桃藤花の花びらを溶かし込んだところ、蘇生薬の効果量が僅《わず》かに落ち、制限も緩和されない。

「茎と葉っぱは、毒にも薬にもならない不要物、と……そうなると残るは、花だな」

茎から切り離《はな》された青白く輝《かがや》く花をすり潰《つぶ》していく。

途中《とちゅう》、何かを包み込むように閉じた内側の花弁がプツンと破ける微《かす》かな感覚を覚えるが、構わず煎じたものを蘇生薬の試液に混ぜ込んでいくが――

「……ダメだ。回復量が下がった。失敗じゃないけど、成功でもない」

茎や葉っぱほど回復量は落ちなかったが、こちらは回復量制限が緩和されている。

そうなると、ムーンドロップの花の部位が解除素材だろうが、ただ花を煎じるだけではダメだったことになる。

「花のまま使うのはダメとなると、もっと細かく分けるのか？」

目に付くのは、細長く開く花びらと内側に何かを包むようにした花びらの中身だ。

花をすり潰した時に、何かを潰した独特の感覚が手に残ったことを思い出す。

「とりあえず、花弁と内側の花弁の物で試してみるか」

俺は、新たなムーンドロップの鉢植えを工房《こうぼう》に運び、慎重《しんちょう》にピンセットで花びらを抜いていく。

そして、内側に閉じた花びらを慎重に開いていくと——

「おわっ⁉ 溢《あふ》れてきた！」

閉じた花弁の中からムーンドロップの花と同じ仄かに青白い光が溢れ出してくる。

その光の中心には、輝きと同じ青白い雫《しずく》が存在した。

俺がピンセットで雫を突《つつ》くと、ムーンドロップの花弁の隙間《すきま》から青白い雫が溢れ出す。

「うぉ、容《い》れ物！ 容れ物！」

明らかに包んでいた花弁の体積を超《こ》える液体が溢れ出し、俺は慌《あわ》てて近くの空《あ》き瓶《びん》でそれを受け止める。

「明らかに体積を超える液体を蓄《たくわ》える花って、これもファンタジーだなぁ。けど、綺麗だな」

花弁から溢れた雫を全て流したムーンドロップからは、青白い輝きが失われて本来の白い花になっていく。

花から溢れた仄かに青白く輝く液体は――【ムーンドロップの花露《はなつゆ》】とステータスで表示されている。

「多分、これが蘇生薬《そせい》の素材なんだろうな。花露を採取した後、輝きが消えたけど、また復活するかな？」

花びらを引き抜かれ、輝きを失ったムーンドロップの花が少し寂《さび》しそうに見える。

また花を開いて、花露を蓄えてくれることを願いながら鉢植えをショーケースに戻《もど》し、他《ほか》の植木鉢《うえきばち》のムーンドロップの花からも【ムーンドロップの花露】を集めていく。

そうして、集まった花露を試液に混ぜた結果――成功した。

「よし！　今度こそ、回復量が落ちない【蘇生薬・改】になった。後は、三種類の素材を合わせたもので試してみようかな」

上手《うま》く行けば、三種類の解除素材を使った【蘇生薬・改】なら、回復量制限が掛《か》かった状態でも約6割のＨＰ回復が見込めるはずだ。

俺は、そうした期待を抱《いだ》きながら、複数の解除素材で蘇生薬を作ろうとするが――

「あー、【妖精の鱗粉】が足りない」

【アトリエール】で育ったムーンドロップから採取した花露は、一つの花から意外と多くの量を集めることができた。

【妖精《ようせい》の鱗粉《りんぷん》】は、レティーアに売ってもらったとは言え、元々が稀少《きしょう》な素材なので足りなくなった。

そのため、三種類の解除素材を使った【蘇生薬・改】の調合を続けることができなくなった。

「はぁ、仕方がない。【血の宝珠《ほうじゅ》】を代用して使ったけど、飛竜や恐竜の血液でも【蘇生薬】の解除素材にできる下処理の方法を探すかな」

その後、一度【アトリエール】の工房内を綺麗《きれい》に片付けて、調合の記録を纏《まと》めた後、残った試液で買い込んだMOBの血液素材。そして、それの加工に使える様々な素材を組み合わせての検証を行っていく。

解毒薬などを血液に混ぜ込んだり、大釜《おおがま》で大量の血液系アイテムを煮込《にこ》んだりした。

「うっ、臭《くさ》い……」

血が発する生臭さにザクロは近づかず、リゥイが呆《あき》れたような目を向けながら、定期的に【浄化《じょうか》】を使って臭いを吹《ふ》き飛ばしてくれる。

そうして根気よく素材の組み合わせを試していった結果、いくつかの素材の組み合わせを見つけたのだ。

「毒液系の素材を混ぜると、血液が分離《ぶんり》したな」

毒液系の素材とは、毒の状態異常《バッドステータス》を持つＭＯＢのドロップアイテムのことである。

そのまま毒薬の代わりにも使える素材を竜系の血液に混ぜることで、ドロッとした血液がサラッとしたものに変わる。

それに解毒液を混ぜて無毒化し上澄《うわず》み液だけ掬《すく》った真紅の液体が【竜の溶血《ようけつ》】という素材になり、それこそが【血の宝珠】を代用せずに使える竜の血だった。

「片《かた》っ端《ぱし》から試していって見つかってよかった。これで手持ちの素材じゃできなかったら、一度エミリさんに相談しなきゃいけなかったな」

色々と混ぜた結果、ＭＯＢ由来の毒液などに含《ふく》まれる出血毒が、竜種の血をメガポーションとＭＰポットの混合液に馴染《なじ》みやすい形に変えたと予想する。

「けど、毒液の量を調整しないとダメだなぁ」

竜種の血の量に対して毒液が多すぎると、解毒液を大量に入れて無毒化しても、蘇生薬の性能を落としてしまう。

逆に毒液の量が少なすぎると、血液の性質の変化が不完全となり、緩和素材の【竜の溶血】にならなかった。

「その微妙《びみょう》な量を調べないとな」

そうして、次は最適な毒液の量を探《さぐ》るための試行錯誤《さくご》を繰《く》り返す。

結果、毒液の最適量がスポイトで7滴入れて混ぜて時間を置き、解毒液17滴入れて無毒化することだった。

「よし、後は、三つの解除素材をメガポーションとMPポットの混合液に混ぜた結果、それとそれぞれの投入する順番とタイミングを調べれば、【蘇生薬・改】が完成するけど……」

そうして【蘇生薬・改】を作るために必要な下調べの殆《ほとん》どを終えたが、それを作るのに必要な【妖精の鱗粉】を使い切ってしまったために、その日は諦《あきら》めてログアウトするのだった。

●

その日の【アトリエール】には、朝から甘い香《かお》りが漂《ただよ》い続けていた。

俺は、朝からせっせとお菓子作りに励《はげ》んでおり、そんな俺をミュウが【アトリエール】の店舗《てんぽ》部のカウンター越《ご》しに睨《にら》み付けてくる。

「むぅ、ユンお姉《ねえ》ちゃん。クエストチップが集まったのに、まだ【個人フィールド所有権】と交換《こうかん》してないみたいだね」

「お姉ちゃんって言うなよ。全く……それを誰《だれ》から聞いたんだ？」

「セイお姉ちゃんとマギさんから！　ユンお姉ちゃんが作る個人フィールドを楽しみにしてるんだからね！」

だから、早く討伐《とうばつ》クエストのリベンジを頑張《がんば》れ、と激励《げきれい》され、俺は苦笑《くしょう》を浮《う》かべる。

「分かったよ。けど、【蘇生薬・改】の素材が足りないから集めないとな」

「【蘇生薬・改】が新しい蘇生薬の名前なの？　足りない素材があるなら、集めるの手伝うよ。その代わり、私にもちょっと売って欲しいな」

手伝いを申し出ながらも、【蘇生薬・改】をお願いしてくるミュウの強《したた》かさに苦笑する。

「気持ちだけ受け取っておくよ。これが終われば集まるから」

「ユンお姉ちゃん。そのお菓子作りが足りない素材を集めるのに、必要な作業だったの？」

「素材を手に入れるちょっとした対価を作ってるところだな。……おっ、リゥイとザクロは味見したいのか？　いいぞ、少しだけな」

俺がミュウの疑問に答えていると、甘い匂《にお》いに釣《つ》られて、寄ってきたリゥイとザクロがお菓子《かし》を食べたそうに俺の服の裾《すそ》を引いてくる。

今回妖精たちに用意したお菓子はマフィンの他にも、クッキーやチョコケーキ、ドライフルーツを混ぜたパウンドケーキなどがある。

それらを少しずつリゥイとザクロの取り皿に載《の》せていくと、ミユウも物欲《ものほ》しそうな目を向けてくる。

「ミユウも少し味見するか？」

「いいの!?　やったー！」

俺が味見用の取り皿に一口ずつお菓子を用意し、キョウコさんが淹《い》れてくれたお茶をミユウに振《ふ》る舞《ま》う。

「いただきまーす！　んっ～！　ユンお姉ちゃんのお菓子美味《おい》しいね！」

そうして、一口ずつのお菓子を味わうように食べるミユウは、本当に幸せそうな顔をしている。

そして、そんなお菓子の甘い香りと幸せそうな雰囲気《ふんいき》に惹《ひ》き付けられて、目当ての存在が開けっぱなしの窓から飛び込んでくる。

「やっほー！　甘い匂いと楽しそうな話し声に、あたい参上！」

「おっ、やっぱり来たか。いらっしゃい」

「おおっ!?　ユンお姉ちゃんが待ってた相手って、お姉ちゃんの妖精だったんだ！」

「俺の妖精じゃないけど、まぁ友人だよな」

腰《こし》に小さな革《かわ》製のベルトを巻いたイタズラ妖精にミユウが驚《おどろ》き、当のイタズラ妖精が俺の周りを飛び回っている。

「お菓子を沢山《たくさん》作ってるみたいだけど、今日はパーティーがあるのか⁉」

一周年アップデートで恒常化《こうじょうか》した妖精クエストで出会った風属性のイタズラ妖精は、自由気ままな性格で、時折【アトリエール】に遊びに来る。

レティーアのように使役《しえき》MOBとして契約《けいやく》を結んでいないが、俺の楽しい友人である。

「なぁなぁ！　今日は楽しいお茶会なのか？　それとも作り置きしているのか？　あたいも貰《もら》っていいか？」

「とりあえず、落ち着けって。それにしても、本当に見事にお菓子の匂いに釣られて来たな」

「なに⁉　まさかあたいを誘《おび》き寄せるために！　なんて策士な！」

イタズラ妖精の反応に苦笑しつつ、妖精たちを呼ぼうとした理由を説明した。

「ふぅ〜ん、あたいたちが落とす【妖精の鱗粉】が欲しいんだ。美味しいお菓子が対価なら、みんな喜んで分けてくれるよ！」

あたいを信じろ！　と言う言葉に、若干《じゃっかん》不安を感じながらも曖昧《あいまい》に笑い、イタズラ妖精のために味見用のお菓子をお皿に取る。

「はい、イタズラ妖精の味見の分だ。食べるだろ？」

「やったー！　お菓子だー！」

俺がカウンターの上に味見用のお菓子を置くとイタズラ妖精は、喜びを全身で表現しながら食べ始める。

その喜びに合わせて背中の羽根が忙《せわ》しなく動いており、その様子をミュウが物珍《ものめずら》しそうに見つめて、スクリーンショットまで撮《と》り始める。

そして、味見用のお菓子を綺麗に食べたイタズラ妖精は、キョウコさんが淹れたお茶を妖精用のミニカップで楽しんでいる。

「どうだ？　味は、美味しかったか？」

「サイコーだった！　それじゃあ、あたいは他の妖精たちを呼んでくるから！　お菓子を準備しておいてね！」

そう言ってイタズラ妖精が、【妖精の鱗粉】を振りまきながら窓から外に飛び出していき、その姿を俺とミュウが見送る。

「戻《もど》ってきたら、まだ食べる気なのか？　まぁ、他の妖精たちも呼んでくれるみたいだし、今のうちに残りを仕上げるか」

「ねぇ、ユンお姉ちゃん。私もルカちゃんたちと一緒《いっしょ》にお菓子食べたいなぁ……」

「はいはい、後でお土産《みやげ》持たせてやるから」

味見をしたミュウもちゃっかりお土産を要求してくるので、適当に聞き流しながらお菓子作りを再開する。

そして、お菓子を作りながら、ふとあることを思い付く。

「そう言えば、リーリーの【個人フィールド】には風妖精が出入りしてるんだっけなぁ」

リーリーも俺とイタズラ妖精のように妖精との関係を保っている。

その風妖精は、自由に【個人フィールド】を出入りしているはずだ。

「【個人フィールド】にイタズラ妖精たちが好む要素も作っておこうかなぁ」

「あったら、楽しそうだよね！　妖精たちが好きそうなのってなんだろう？　お花畑かな？」

そうしてミュウと談笑しながらお菓子を仕上げ、十分に数が揃《そろ》ったところで、窓から出て行ったイタズラ妖精が他《ほか》の妖精たちを引き連れて戻ってきた。

「【妖精の鱗粉】を分けてくれる子たちを連れてきたよー！」

『『『お菓子くれる人ってここなのー！』』』

「ありがとう。それじゃあ、ウッドデッキの方に誘導《ゆうどう》してくれないか？」

俺がイタズラ妖精に頼《たの》むと、満面の笑《え》みを浮かべて『あたいの後に続けー！』と言って妖精たちをウッドデッキの方に誘導してくれる。

そして、俺もできあがったお菓子をミュウとキョウコさんに手伝ってもらいながら、ウッドデッキのテーブルに運んでいく。

小さな妖精たちが両手でお菓子を抱《かか》えて、大口を開けて美味しそうに食べる。

それに合わせて羽根も幸せそうに小さく動かしている。

羽根が動く度《たび》に【妖精《ようせい》の鱗粉《りんぷん》】が舞い落ちて、キラキラとした空間になる。

その光景に思わず俺とミュウがスクリーンショットを撮り、キョウコさんも一緒に微笑《ほほえ》ましそうに眺《なが》める。

そして、一頻《ひとしき》りそんな光景を眺めた後、ウッドデッキに積もった【妖精の鱗粉】を集めるのは大変だろうな、と内心苦笑する。

また、味見をしたのに他の妖精たちと同じように食べるイタズラ妖精に近づき、俺は先《さき》程《ほど》思い付いたことを聞いてみる。

「なぁ、イタズラ妖精。高原の涼《すず》しい場所って好きか？」

「うん？　あたいたちは、自然豊かな場所ならどこでも好きだぞ」

なんで、そんなこと聞くんだ？　と言いたげに食べかけのクッキーを抱えたまま、俺を見上げてくる。

「【個人フィールド】を作る予定なんだけど、妖精たちが好みそうな要素って何かな、と思ってな」

俺が正直に話すと、クッキーを頬張《ほおば》りながら考えているようだ。

「ここの畑みたいに植物一杯《いっぱい》にするなら、それでいいんじゃないの？」

「そっかぁ……教えてくれて、ありがとう」

自分が構想する【個人フィールド】に、もう少し特色を加えられたらと思っていたので、少し残念に思う。

そんな俺を見たイタズラ妖精が何かを思い付いたように言う。

「それなら、ハチミツが欲《ほ》しい！」

「ハチミツ？」

俺が聞き返すと、イタズラ妖精が力強く力説を始める。

「そう！　妖精たちが作る【妖精郷《ようせいきょう》の花王蜜《ハニークラウン》】は少ししか作れないから、人間の作るハチミツを食べたい！」

イタズラ妖精の力説に合わせて、他の妖精たちも期待するように俺の方を見ている。

「ハチミツかぁ。ハチミツは食材アイテムとして使えるし、蜜蠟《みつろう》は、軟膏《なんこう》系のベースクリームを作るのに使えるかな」

「それだけじゃないぞ！　育てる花の種類によっては、ハチミツを薬の素材としても使えるんだ！　例えば、薬草の花粉からできたハチミツを加えるとポーションの性能が上がるんだぞ！」

イタズラ妖精は、胸を張って自慢《じまん》げに語る。

そう言えば、以前【年齢偽証薬《ねんれいぎしょうやく》】などのネタポーションを勝手に作るなど妖精たちは、薬草やポーションなどの調合知識を持っていることを思い出した。

「それならハチミツが採れるようにしてもいいかもなぁ。でも、どうやってハチミツを作るんだ？」

その肝心《かんじん》のハチミツの採れる環境《かんきょう》をどうやって作ればいいか分からずに、首を傾《かし》げていると、ミュウが俺の服の袖《そで》を引いてくる。

「それなら、養蜂《ようほう》箱を設置して周りの環境を整えれば、蜜蜂《みつばち》が住み着いてハチミツができるらしいよ」

「養蜂箱を？」

「うん！　前にミカヅチさんが蜂蜜《はちみつ》酒を作る相談してた時に、聞いたことがあるんだ！」

他にも料理系ギルドでも養蜂箱を設置してハチミツを作るなどの複数からの情報をミュウが教えてくれる。

「養蜂箱かぁ……それは、【木工】分野だろうけど、できるかな？」

「センスがなくても、養蜂家ＮＰＣ《ノン・プレイヤー・キャラクター》のクエスト報酬《ほうしゅう》でオブジェクトアイテムの【養蜂箱】が貰えるらしいよ」

「またピンポイントだなぁ」

クエスト内容は、第二の町に住む養蜂家ＮＰＣの依頼《いらい》で巣分け間近の蜂が住む木の回りに蜜蜂を好む肉食昆虫《こんちゅう》型ＭＯＢが出現するので、それを討伐《とうばつ》して欲しいという内容らしい。

また、クエスト報酬で手に入る養蜂箱は、良質な木材を使っているので、一度バラして【錬金《れんきん》】センスの《上位変換《へんかん》》スキルで元の木材に戻すと、駆《か》け出し魔法使《まほうつか》いの杖《つえ》としては中々の素材らしい。

「ユンお姉《ねえ》ちゃんが養蜂箱に興味を抱《いだ》いたところで、その討伐クエストを受けに行くぞー！」

「おー、あたいたちのハチミツのためにー！」

ミユウの提案にイタズラ妖精が便乗して盛り上がるので、俺は溜息《ためいき》を吐《つ》く。

「なんで、ミユウとイタズラ妖精が決めるんだよ……」

そんな二人にジト目を向けると、俺の足元に来たリゥイとザクロが見上げてくる。

リゥイとザクロも一緒に出かけたいのだろうか。

「ねえ、ユンお姉ちゃんも一緒に行こうよ～。クエスト受けに行こうよ～」

そして、最後にミュウがダメ押しの上目遣《うわめづか》いで頼んでくるが、蘇生薬《そせいやく》の改良に必要な【妖精の鱗粉】を集めなきゃいけない。

そうして俺が迷っていると、キョウコさんが助け船を出してくれる。

「ユンさん。妖精さんたちのお世話と【妖精の鱗粉】の回収は、私がやっておきますからお出かけしても良いですよ」

「…………ありがとう、キョウコさん。美味《おい》しいハチミツが【アトリエール】でも採れるように行ってくるね」

「やったー、ユンお姉ちゃんとお出かけだー！　それじゃあ、レッツゴー！」

「ゴー、ゴー！」

「はいはい」

先頭にミュウが立ち、その後ろをイタズラ妖精が付いていき、俺とリゥイ、ザクロがその後を追う。

他の妖精たちもお菓子《かし》を片手に俺たちを見送り、第二の町まで移動して件《くだん》の養蜂家NPCから討伐クエストを受注して、倒《たお》すべき敵MOBがいるエリアまで移動する。

「ユンお姉ちゃん、早く、早く！」

そして、指定の場所に辿《たど》り着いた俺たちは早速《さっそく》、巨大蜂型《きょだいはちがた》MOBを見つけた。

「アレが、蜂の巣を壊《こわ》そうとする敵だね！」

木に摑《つか》まって、細い手足で木の洞《うろ》にできた蜂の巣を壊そうとする1メートルを超《こ》える巨大蜂がいた。

そんな巨大蜂が俺たちに気付き、羽根の警戒《けいかい》音を鳴らしながら、こちらを威嚇《いかく》してくる。

「ユンお姉ちゃん、いくよ！」

「ああ、《付加《エンチャント》》――アタック、ディフェンス、スピード！」

俺は、ミュウに全力のエンチャントを施《ほどこ》し、弓を構えるが――

『ヴゥウウウウッ――』

手に入る報酬からして巨大蜂はそれほど強くないので、最前線プレイヤーのミュウが相手では、一方的に負けて、地面に落ちて光の粒子《りゅうし》となる。

『ヴッ、ヴッ――』

最後は、巨大蜂が可哀想《かわいそう》になる、もの悲しい羽音を響《ひび》かせる。

唯一《ゆいいつ》の救いは、1メートルを超える大きさで全然可愛《かわい》らしくなかった点だろうか。

「よーし、これでクエスト終わりだね。帰ろうか！」

「ミュウ、ちょっと待ってくれ」

俺は、帰ろうとするミュウを引き留める。

「ユンお姉ちゃん、どうしたの？　早く養蜂箱を貰《もら》って帰ろうよ」

「折角来たんだから、回収して帰らないと勿体《もったい》ないだろ」

俺は、先程まで巨大蜂がくっついていた木の枝にインベントリから取り出したロープを引っかけて、【登山】センスで登っていく。

そして、木の洞の割れ目から少しだけ崩《くず》れた蜂の巣と垂れるハチミツが見えた。

「少し分けて貰うな」

俺は、垂れたハチミツの下に瓶《びん》を置き崩れた蜂の巣を拾い上げて、ハチミツと蜜蠟を回収してミュウたちのところに戻る。

「おおっ、ハチミツだ！　ねぇ、後でホットケーキ作ってよ！」

「あたいも、あたいもハチミツ舐《な》めたい！」

ミュウとイタズラ妖精がハチミツを欲しがり、リゥイとザクロも視線で訴《うった》えてくるので、苦笑《くしょう》する。

「わかったよ。ただ、養蜂箱の設置を手伝ってくれたらな」

「うん、任せて！　頑張《がんば》るから！」

「あたいが一番いい場所を教えてあげるね！」

やる気になるミュウとイタズラ妖精と共に第二の町に戻《もど》り、クエスト完了《かんりょう》の報告を終えて、報酬の養蜂箱と銅チップ3枚を貰った。

そして、クエストを達成したことで養蜂家NPCから養蜂箱を1個20万Gで購入《こうにゅう》できるので、とりあえず3個購入して持ち帰る。

「そっちの解毒草とかの花の近くでできるハチミツは、万能薬に使えるんだぞ！」

【アトリエール】に帰ってきた俺たちは、イタズラ妖精のアドバイスを受けて、ミュウと一緒《いっしょ》に養蜂箱を二つ設置する。

キョウコさんに任せた妖精たちは、お菓子を食べ尽《つ》くして満足そうに【アトリエール】の薬草畑の中をふわふわと飛んでいた。

そして、キョウコさんが集めた【妖精の鱗粉】が保存用の瓶5本分集まっていた。

「キョウコさん、これだけの量の【妖精の鱗粉】を集めるの大変だったんじゃない？」

「いいえ、風の妖精さんたちにお願いしたら、みんな素直《すなお》に集めるのを手伝ってくださいましたよ」

つむじ風が【妖精の鱗粉】を集める光景を想像して、ちょっと見たかったと思った。

思わず寄り道をしてしまったが、これで【蘇生薬・改】を作れるはずだ。

そして、そんな息抜《いきぬ》きの一日は、存外悪くなかったと思う。

六章　リベンジと人海戦術

妖精《ようせい》たちの協力もあり、無事に【妖精の鱗粉《りんぷん》】が補充《ほじゅう》できた。

【蘇生薬・改】に加える解除素材は、【竜の溶血《りゅうようけつ》】3滴《てき》、【妖精の鱗粉】2グラム、【ムーンドロップの花露《はなつゆ》】5滴をメガポーションとMPポットの混合液に混ぜて、【桃藤花《とうとうか》の花びら】を溶《と》かし込むことで完成した。

これが俺が現状作ることができる実用に耐《た》えうる【蘇生薬・改】であり、それを42本作ることができた。

蘇生薬・改【消耗品《しょうもう》】
【蘇生】HP+80%【再生】HP+1%／30秒
※回復量制限は、最大回復量の80%まで減少。

そして、マギさんやリーリー、クロードたちにフレンド通信で報告したところ、三人もそれぞれが作っていたアイテムが完成したらしい。

俺たちは、リベンジのためにセイ姉《ね》ぇたちの【ヤオヨロズ】のギルドエリアに集合することになった。

「相変わらず、凄《すご》いよなぁ。ギルドエリア」

常夜《とこよ》のエリアの上空には、優《やさ》しく足元を照らす月明かりが降っており、一定間隔《かんかく》で置かれた灯籠《とうろう》の灯《あか》りが周囲を明るくする。

そして、マギさんたちとの集合場所である【ヤオヨロズの訓練所】を探して歩いて行くと、開けた円形広場があり、その中央で俺たちがリベンジすると決めた二体のスプリガンエイプを相手にリーリーが逃《に》げ回り、クロードが後衛から魔法《まほう》を放っている姿が見えた。

「えっ⁉　なんでスプリガンエイプがここに⁉」

樹海エリアじゃないのに、と驚《おどろ》く俺に気付いたマギさんが振《ふ》り返って近寄ってくる。

「ユンくん、こんにちは」

「マギさん、こんにちは、って、そうじゃなくて！　なんで樹海エリアに居るはずのスプリガンエイプがここに⁉」

俺は、マギさんに挨拶《あいさつ》しながら、目の前の出来事について尋《たず》ねる。

「それは、あれのお陰《かげ》よ」

そう言って、マギさんが指差す先には、分厚い革張《かわば》りの装丁《そうてい》がされた本が浮《う》かんでいた。

「あれは【海賊王《かいぞくおう》の秘宝】……でしたっけ？」

「正解。たしか、【戦士の追憶《ついおく》】ってアイテム名だったはずよ」

マギさんがこの状況《じょうきょう》を作り出したアイテム名を教えてくれる。

確か、ミュウたちが孤島《ことう》エリアの【海賊王の秘宝】を分け合った時に同じ物があったのを思い出す。

その効果は、プレイヤーが以前倒したことがある敵ＭＯＢの絵姿が本に記録されるモンスター図鑑《ずかん》とそのＭＯＢの幻影《げんえい》を生み出して戦う機能もあったはずだ。

「なるほど、【戦士の追憶】の効果だったのか……」

【戦士の追憶】で現れたスプリガンエイプの幻影は、倒しても経験値やクエスト報酬《ほうしゅう》、アイテムなどは手に入らないが、リベンジが達成できる。

ＭＯＢの幻影に負けてもデスペナルティーがないので、力試《だめ》しにはちょうどいい。

「それにしてもリーリーとクロードの動きが、かなり良くなってる気がする」

「どうやら二人の方が早く軍団アイテムを完成させて、【戦士の追憶】を使って何度も練習したみたいよ」

俺たちの目の前で二体のスプリガンエイプが大技《おおわざ》の予備動作を見せた時、既《すで》にリーリーとクロードが先んじて動いていた。

大技を全《すべ》て回避《かいひ》した二人は、技の終わり際《ぎわ》の隙《すき》を突《つ》き、リーリーが短剣《たんけん》のアーツをクロードが魔法スキルを放つ。

二人だけでの挑戦《ちょうせん》なのでスプリガンエイプの幻影を倒《たお》し切るには、火力が足りないが、回数を熟《こな》した慣れなのか安心して見ていられた。

そして――

「よし――《停止》だ！」

クロードの合図で二体のスプリガンエイプが霞《かすみ》のように消えて、リーリーとクロードがこちらに戻ってくる。

「マギっちとユンっち、見ててくれたんだね。どうだった、僕らの立ち回り」

「リーリーの動きが凄い良くなってて、驚いた」

俺が素直にリーリーの立ち回りの最適化に驚きながら褒《ほ》める。

「二人とも来ていたのか。早速、スプリガンエイプとのリベンジを始めたいが準備はいいか？」

リーリーに遅《おく》れてきたクロードからそう尋ねられたマギさんは、力強く頷《うなず》く。

「私は、準備万端《ばんたん》よ。ユンくんは、どう？」

「一応、イメージトレーニングはしましたけど、実際にリーリーとクロードみたいに動けるかどうかは……」

自信なく答える俺は、できればリーリーとクロードたちのように改めて動きの確認《かくにん》をしたかったが、状況的にそうさせてもらえなさそうだ。

『ここで新しいアイテムのお披露目《ひろめ》と模擬《もぎ》戦があるんだろ』『生産職面々がスプリガンエイプ相手に戦うみたいだな』『おーい、お菓子《かし》とジュースもらって来たから見るぞ！』

「うぇっ⁉　人が集まってきた⁉」

ギルド【ヤオヨロズ】の訓練場なので、【ヤオヨロズ】のメンバーが集まるのはおかしくない。

だが、明らかに俺たちがスプリガンエイプにリベンジするのを見に来たようだ。

「おっ、嬢《じょう》ちゃんたちは揃《そろ》ってるな。いい戦いを見せてくれよ」

「ごめんね、ユンちゃん。止められなかった」

愉快《ゆかい》そうに笑うミカヅチの隣《となり》では、申し訳なさそうに謝ってくるセイ姉ぇがいた。

「ミカヅチ！　セイ姉ぇ！　これは、どういうことなんだ⁉」

「どうも、こうも暇《ひま》しているギルドメンバーを集めて、リベンジを観《み》に来たんだ。ついでに、新しく作ったアイテムの宣伝も盛大《せいだい》にするといい」

そう言って、ククク ッと喉《のど》を鳴らして笑うミカヅチに俺は、練習どころではなく、ぶっつけ本番で挑《いど》まなくてはならなくなった。

「ユンくん、大丈夫《だいじょうぶ》よ。頑張りましょう」

「ううっ、マギさん。はい……」

俺は頷き、【ヤオヨロズ】のギルドメンバーから投げかけられる応援《おうえん》の言葉を受けて、腹を括《くく》る。

「よし、戦う準備をするか」

「そうだね。よっと――」

クロードの言葉にリーリーがインベントリから軍団アイテムを取り出して設置していく。

それは、鮮《あざ》やかな原色で染められた糸で作られた旗とそれを掲《かか》げる木製の女性の天使の彫刻《ちょうこく》だ。

勝利の天使像【消耗品】
耐久度《たいきゅう》【1000／1000】
【支援《しえん》】ATK＋10、DEF＋10、SPEED＋10、MP回復速度上昇《じょうしょう》

設置した周囲にいる味方プレイヤーのステータスを強化するオブジェクト。

その女性の彫刻を取り出した時、模擬戦を観に来たプレイヤーたちから感嘆《かんたん》の声が上がっている。

「旗は、俺が作った」

「彫刻は、僕が勝利の女神《めがみ》のニケ像をモチーフに作ったんだよ！」

そう言って、大きな声で作り上げたアイテムを俺やマギさんだけでなく、集まった【ヤオヨロズのプレイヤーたちにも宣伝する。

「私の特殊弾《とくしゅだん》の方は、戦いの中のお楽しみってことでお願いね」

マギさんは、以前作り上げた銃《じゅう》・ピーシーズの銃身をショットガンに換装《かんそう》して革のスリングで背中に掛《か》けて、愛用の戦斧《せんぷ》を持っている。

「俺の【蘇生薬《そせい》】は、使わずに終わるのが一番なんですけどね」

最後に俺が【蘇生薬・改】をマギさんたちに10本ずつ渡《わた》すと、三人がアイテムのステータスを確認して感嘆の声を漏《も》らす。

「凄いわね。回復制限が掛かっていた蘇生薬が、HPの約6割まで回復できるように改良されてる」

そして俺は、インベントリから【黒乙女《くろおとめ》の長弓《ながゆみ》】を取り出して装備センスを整える。

所持SP《センス・ポイント》53
【魔弓《まきゅう》Lv40】【空の目Lv44】【看破Lv50】【剛力《ごうりき》Lv16】【俊足《しゅんそく》Lv41】【魔道Lv46】
【大地属性才能Lv32】【付加術士《ふかじゅつし》Lv22】【念動Lv20】【料理人Lv26】【潜伏《せんぷく》Lv12】
【急所の心得Lv18】
控《ひか》え
【弓Lv55】【長弓Lv45】【調薬師Lv37】【装飾師《そうしょくし》Lv13】【錬成《れんせい》Lv20】【調教師Lv13】
【泳ぎLv25】【言語学Lv28】【登山Lv21】【生産職の心得Lv40】【身体耐性《たいせい》Lv5】
【精神耐性Lv15】【先制の心得Lv20】【釣《つ》りLv10】【栽培《さいばい》Lv15】【炎熱《えんねつ》耐性Lv1】
【寒冷耐性Lv1】

全《すべ》ての準備を終えた俺たちにクロードが、改めて確認する。
「それじゃあ、始めるぞ。模擬戦と言っても最初から二体のスプリガンエイプが万全の状態で出現するからクエストの時より難易度は高めだ」

「大丈夫。それじゃあ、行くぞ！　《空間付加》《ゾーン・エンチャント》――アタック、ディフェンス、スピード！」

「【戦士の追憶：スプリガンエイプ】――再現開始！」

俺が全員にエンチャントを施《ほどこ》すと共に、クロードが本を手に取り、模擬戦の相手の幻影を生み出す。

『ホホホッ、キィィィッ――！』

光の粒子《りゅうし》が集まって、二体のスプリガンエイプが訓練所の中央に現れ、咆哮《ほうこう》を上げる。

「それじゃあ、行くね！」

「HPが削《けず》れて動きが激しくなってからが本番ね！」

リーリーが真っ先に駆《か》け出し、前衛のマギさんも後を追うように駆け出す。

そして、二人が二体のスプリガンエイプたちを引き付けるために攻撃《こうげき》してヘイトが貯《た》まったところで、俺とクロードも攻撃に加わる。

一度戦ったボスとの変則的な再戦ではあるが、前回の反省を踏《ふ》まえて、戦いもかなり楽になっている。

【麻痺《まひ》】や【眠《ねむ》り】などの状態異常《バッドステータス》の矢はもちろんだが、エンチャントや軍団アイテムの効果、マギさんとリーリーが使用した強化丸薬《ブースト・タブレット》などの効果の重複により、敵からの激しい攻撃も前回よりダメージを抑《おさ》えている。

特にリーリーは、上がったSPEEDと繰《く》り返す模擬戦の慣れから次々と急所を狙《ねら》って、効率良く片方のスプリガンエイプにダメージを集中させていく。

「行動が更《さら》に激しくなった！　マギ！　ここからは足止めの特殊弾を使え！」

二体のスプリガンエイプのＨＰの平均が７割を切り、初回の二体目の乱入に近い状況になった。

それによりスプリガンエイプの行動パターンに、跳躍《ちょうやく》によってプレイヤーの後方移動や咆哮の範囲《はんい》攻撃なども使用するようになり、こちらを苦しめた記憶《きおく》が蘇《よみがえ》る。

「待っていたわ！　行きなさい！」

マギさんは、ダメージを最も受けていないスプリガンエイプの方にショットガンを構えて、特殊弾を打ち込む。

発砲《はっぽう》音と共に放たれた銃弾が、スプリガンエイプに次々と当たり、観戦に来たプレイヤーたちにどよめきが走る。

特殊弾に込《こ》められていた粘着《ねんちゃく》性のある乳白色の物体がスプリガンエイプの体に張り付き、徐々《じょじょ》に硬化《こうか》して重りのようになる。

「これが、マギさんとエミリさんの作った特殊弾……」

石化弾・中【消耗品《しょうもう》】
ATK+5　追加効果：接触阻害《せっしょくそがい》、速度低下

特殊弾の効果を目《ま》の当たりにした俺が呆《ほう》けていると、マギさんが得意げに語ってくれる。

「これは、ゴム弾に使った樹脂《じゅし》の硬化度合いを下げて粘着性を高めて、コカトリスの素材から作られた魔法薬《まほう》を混ぜた物よ！　さぁ、ユンくん、クロード！　足止めをお願い！」

「分かりました！　――《マッド・プール》！」

「任せろ！　――《グラビティー・ポイント》！」

普通《ふつう》なら軽《かろ》やかに動くスプリガンエイプに避《よ》けられるが、マギさんが放った特殊弾のお陰《かげ》で動きが鈍《にぶ》くなり、俺の泥沼《どろぬま》とクロードの重力球を当てることができた。

「ダメ押しだ！　――《ゾーン・ストーンウォール》！」

更に多重の石壁《いしかべ》で囲って封鎖《ふうさ》することで、完全に片方のスプリガンエイプを封殺《ふうさつ》することができた。

「よし、今のうちにもう一体を即効《そっこう》で倒すぞ！」

マギさんとリーリーが前衛でヘイトを稼《かせ》ぎ、俺とクロードが後衛からアーツやスキルの強力な攻撃を次々と放っていく。

スプリガンエイプは、二体揃った激しい波状攻撃が厄介《やっかい》なのであって、片方を封殺したことで単体ではそれほど強くない。

そのために、一体だけのスプリガンエイプを安定して倒《たお》すことができた。

そして、片方が倒されたことで、封殺した石壁の中でスプリガンエイプが発狂《はっきょう》モードに入り、石壁や特殊弾の拘束《こうそく》を壊《こわ》しながら現れる。

『キィイイッ――！』

「攻撃パターンは変わらないが、激しさは増すぞ！　ここからが本番だ！」

一体に集中していたために、ほぼ万全に近い発狂モードのスプリガンエイプ相手に終盤《しゅうばん》戦《せん》が始まる。

ただ、俺たちも相手の動きを注意深く見て、攻撃に対応しつつ、ダメージを与《あた》えていく。

途中《とちゅう》、マギさんが三回、俺が二回、スプリガンエイプの薙《な》ぎ払《はら》いを受けて倒れた。

その都度、【蘇生薬・改】により無事に復活して戦闘《せんとう》を続けることができた。

他《ほか》にも、リーリーが後衛の俺たちの方にスプリガンエイプが向かわないように誘導《ゆうどう》する立ち回りをするが、跳躍からの落下衝撃波《しょうげきは》で支援オブジェクトの女神像にダメージが与えられたのには、少し焦《あせ》った。

そして、ついに――

「そろそろ、終わりなさい！」

最後の一撃は、派手なアーツやスキルではなく、マギさんの戦斧の大振《おおぶ》りだった。

その一撃を受けたスプリガンエイプは、静かに動きを止め、そのまま後ろに倒れていく。

『『『――うぉぉぉぉぉぉっ！』』』

「――うわっ⁉　あ、ああ、そうだった。見られてたんだな」

スプリガンエイプとの戦闘に集中していて、観戦しに来た【ヤオヨロズ】のメンバーたちの存在をすっかり忘れていた。

「ユンちゃんたち、おめでとう！」

「お疲《つか》れさん！　色々と面白《おもしろ》いもの見せてもらったよ！」

【戦士の追憶《ついおく》】が作る幻影《げんえい》だったが、スプリガンエイプにリベンジを果たすことができた。

見守ってくれたセイ姉《ねえ》やミカヅチ、【ヤオヨロズ】のメンバーたちの祝福の言葉に俺は、嬉《うれ》しさを噛《か》み締《し》めるのだった。

「ふぅ、終わった。これで【個人フィールド】に着手できる」

スプリガンエイプへのリベンジを終えた俺たちは、マギさんたちと訓練所の端《はし》に座って休む。

「ユンっちは、どんな個人フィールドを作りたいの？」

「実は、作りたい物のイメージはあるんだけど、どう作ればいいか分からないからリーリーに相談したかったんだ」

「わかった。それじゃあ、話しながら簡単な図面を描《えが》こうか！」

リーリーは、インベントリから製図する時に使う紙とペンを取り出し、個人フィールドを上から見た時の大枠《おおわく》を描いていく。

そして、俺も相談に乗ってもらいながら、今までに集めた銀チップ75枚を【個人フィールド所有権】と交換《こうかん》する。

「ユンっちは、どういうフィールドエリアを作りたいの？」

「幾《いく》つか欲《ほ》しい物があるんだ。エリアの環境《かんきょう》は、寒冷地帯向けの植物が育ちやすい気温にしたいんだ」

現在、クーラージェルを入れたショーケースの中で育てているムーンドロップだが、個人フィールドの広い土地で育てたいと思っている。

俺の意見を聞いたリーリーが、すぐに紙に何かを書き込む。

「それだったらフィールド設定は、高原エリアでいいと思うよ。気温が涼《すず》しくてそうした植物も育てやすいよ」

高原エリアで生成すれば、通常気温と寒冷気温の両方に適応した植物を育てられるそうだ。

「それと――」

自分が作りたいものを一つずつリーリーに伝えると、リーリーは笑顔《えがお》で相槌《あいづち》を打ちながら、作れるかどうか、考えてくれる。

そんな俺たちの様子をセイ姉ぇやマギさんたちが微笑《ほほえ》ましそうに見つめて、描き込まれる図面を見ている。

「エリア生成の設定は、こんな感じでいいと思うよ」

そう言って様々な意見を出した個人フィールドの要望は、最終的に二枚の設計図に描き起こされた。

一枚目の設計図がフィールド生成時に設定するフィールドの図面と細かな条件。

そして二枚目が、生成されたフィールドに俺たちが手を加える最終的な設計図だ。

個人フィールドの環境設定は高原エリアを選択《せんたく》し、地形は畑が作りやすくリゥイとザクロが走り回りやすい起伏《きふく》の少ない草原の平地を選んだ。

そして最終的な設計図には、休憩《きゅうけい》のための別荘《べっそう》のログハウスや薬草畑、養蜂《ようほう》箱と花畑、森林浴ができる小さな森とその中を通る道などだ。

ただ個人フィールド全域を一度に作り切れないので、別荘のログハウスや薬草畑が集中する中央エリアと森林や花畑を作る北東エリア以外は、手付かずになる予定だ。

当面は、リゥイとザクロが自由に走り回れる草原として残すが、いつか作りたいものができたらそこに新たに作る予定だ。

「初期設定は、もうこれでいいよな」

「ユンちゃん、おめでとう。ところでミュウちゃんがユンちゃんの作る個人フィールドを楽しみにしているけど、作成は間に合いそう？」

セイ姉ぇにそう尋《たず》ねられた俺は、困ったように頭の後ろを掻《か》く。

「あー、夏休みが終わる前にはお披露目《ひろめ》したいけど、フィールドを作る時間が足りないかも」

リーリーだって、自分の個人フィールドを今の形にするまでに、一年近く掛《か》けて徐々に土地を活用してきた。

時間の足りない俺は、【ムーンドロップ】を栽培《さいばい》する薬草畑くらいしか作れないかもしれない。

俺が完成予想図を見ながら思案していると、リーリーが提案してくる。

「それなら、僕たちも手伝おうか？　僕の植林場で働かせている合成ＭＯＢたちを労働力にすれば、ユンっち一人でやるより早く作れるよ」

「それだったら、私たちも嬢《じょう》ちゃんの個人フィールドを作るのを手伝おうか？」

「ミカヅチも？　それに、私たちって？」

「私たちって言えば、【ヤオヨロズ】のギルドメンバーたちだよ」

何故《なぜ》、ここで【ヤオヨロズ】のメンバーたちの話が出るんだ、と困惑《こんわく》するとミカヅチがその理由を説明してくれる。

「いや、実はこの【ヤオヨロズ】のギルドエリアを作り上げた時に、こうしたエリアを作るのに嵌《は》まった奴《やつ》らがいてな……」

そう言って、ミカヅチがげんなり顔で指差す先には、この訓練場に来たギルドメンバーたちが目をギラつかせていた。

「お祭り騒《さわ》ぎでみんなで作り上げるのが楽しいそうなんだ。だから、扱《こ》き使ってやってくれ」

「いや、扱き使えって言われても……」

夏休みが終わる前までに個人フィールドをある程度の形にしたいが、無理だと思っていた。

それが、思わぬ形で人手が集まることに逆に悩《なや》むが――

「それじゃあ……手伝ってもらおうかな」

『『『――うぉぉぉぉぉぉっ！』』』

一人で黙々《もくもく》と作業するのも好きだが、ここまで多くのプレイヤーと共同作業するのは、珍《めずら》しい経験だと思って受け入れることにした。

「目標は、夏のイベント終了《しゅうりょう》までに、このふんわりとした設計図を完成させることかな？

それじゃあ、個人フィールドの扉《とびら》を設置したいけど、どこに置く？」

「それは、俺の個人フィールドだから【アトリエール】に設置するけど……」

思わぬ形での共同作業が始まり、幾つかのルールを決めた。

一つは、作業時間の設定だ。

俺が不在の時でも個人フィールドに入って、延々とエリア作りをやりそうな人がいる。

そのために、俺が個人フィールドにいる時に限り、他のプレイヤーも入れるように設定した。

俺も決まった時間にログインして作業するので、他のプレイヤーたちもその時間に集まったり、逆にその時間にログインできなくても素材集めなどで別の関《かか》わり方ができる。

次に、エリアの範囲《はんい》指定だ。

エリア全域をプレイヤーの手で作り替《か》えられたら、俺が見ていない間に勝手に新しいものが作られる可能性があった。

なので、エリアの中央付近と森林を作る北東の自然区画だけ許可して、他の場所はオブジェクトの設置不可にしておく。

他にも細々としたルールを決めた後、俺たちは、先んじて【アトリエール】に戻《もど》り、人の出入りがしやすいウッドデッキに【個人フィールド】の扉を設置する。

「それじゃあ、開けるぞ」

「楽しみだね」

そうして、扉のドアノブを捻《ひね》り、開けるとすっと涼しい空気が頬《ほお》を撫《な》でる。

「……ここが俺の個人フィールドかぁ」

環境を高原エリアに設定したために、湿度《しつど》が低くサラッとした涼しい空気を肌《はだ》で感じる。

その涼しい空気を肺一杯《いっぱい》に吸い込み、吐《は》き出せば、それだけで清々《すがすが》しい気持ちになれる。

「ここが高原気候ね。空気が美味《おい》しいわ」

「へぇ、良い場所ね。涼しいからいつまでも居たくなるね」

扉の前で感動に浸《ひた》っていた俺の横にセイ姉ぇとマギさんが並ぶ。

その脇《わき》を通ってリーリーが駆《か》け出し、俺の使役《しえき》MOBのリゥイとザクロやマギさんたちのパートナーのリクールとネシアス、クツシタも手付かずの草原を走り回る。

そして、ミカヅチとクロードも扉を通り抜《ぬ》けてくる。

他《ほか》にも興味のあるプレイヤーたちが扉の前に集まっており、中を見ようと背伸《せの》びする姿に苦笑《くしょう》を浮《う》かべる。

「それじゃあ、ユンっちの別荘と森作りの計画を始めようか！」

「別荘って……」

そうして、俺の個人フィールドに他のプレイヤーの入室を許可し、集まったプレイヤーたちを動かすための計画を立てる。

リーリーが植林場で働かせていた合成MOBたちを召喚《しょうかん》し、セイ姉ぇとミカヅチが手伝いを希望するギルドメンバーを引き連れて素材集めに向かう。

「やっほー。楽しそうだから、手伝いに来た」

「俺たちにも少しは手伝わせてくれよな」

そして、手伝いに来てくれた【ヤオヨロズ】のメンバーの中には、顔見知りの刀鍛冶《かたなかじ》のオトナシと彫金師《ちょうきんし》のラングレイも混じっていた。

手が空《す》いているリーリーは、クロードの指示で【ヤオヨロズ】の木工師たちと共に、フィールドの各所に物見櫓《やぐら》の建設を始めていた。

「リーリー、クロード。なにやってるんだ？」

「物見櫓を作って、高所から定点観測した作業風景を動画にしようと思ってな」

映像記録用のポイントを作るために櫓を建て、そこから見下ろした風景でこの真っ平らな個人フィールドがどのように変化するのかを記録するようだ。

「撮《と》った動画を倍速編集して、お披露目の時に上映しようか」

「全く、無駄《むだ》に凝《こ》ってるなぁ……けど、まぁ興味あるかも」

そう呟《つぶや》いた俺が定点観測の記録を許し、リーリーが俺に作業の相談をしてくる。

「ねぇ、ユンっち。森を作るのに使う苗木《なえぎ》も確保しないといけないけど、どんな種類の木を植えるの？」

物見櫓の設置を指揮していたリーリーが振《ふ》り返り、俺に尋ねてくるので考える。

「うーん。どんな種類の木々がいいのかなぁ……。リーリーみたいな植林場じゃないから伐採《ばっさい》せずに継続《けいぞく》して素材が採れる種類がいいかなぁ」

「それだったら、果樹系の木々だよね」

「それも考えてるけど、高原エリアは涼しい気候だから寒冷環境向けの樹木とかも織り交ぜたいかなぁ」

俺が希望を口にすると、リーリーがうんうんと相槌を打ちながら、いくつかの種類の樹木をピックアップしてくれる。

「それなら、【賦活《ふかつ》の蜜樹《みつじゅ》】って木はどう？　北の町のカジノ景品で交換できた寒冷地域向けの樹木だよ。サラサラとした樹液を出す木で、樹液を煮詰《につ》めると【賦活の褐色蜜《かっしょくみつ》】って回復効果があるアイテムになるんだよ」

つまり、メープルシロップのような食材でありながら、癒《いや》し茸《きのこ》のように【調合】の回復効果を高めてくれるアイテムのようだ。

煮詰めると言うなら、【調合】の生産道具にある成分濃縮機《のうしゅくき》でシロップに加工ができそうだと思う。

「うん、面白《おもしろ》そうだな。その木も植えようか！」

そうして、突発《とっぱつ》的に決まった【個人フィールド】開発の共同作業の初日は、準備だけで終わった。

そして、本格的な開発が始まったのは翌日からで――

「拠点《きょてん》になる別荘の建設と薬草畑の中央の開発だ。それと同時に北東の森林区画に植える苗木栽培《さいばい》をする！　――始め！」

『『『おおおー！』』』

ミカヅチが両手でスコップの柄《え》を持って仁王《におう》立ちで音頭《おんど》を取っている。

手伝いに集まった二十人を超《こ》える【ヤオヨロズ】のメンバーが大きな声を上げ、三十体を超えるリーリーの合成ＭＯＢが両腕《りょううで》を上げてやる気を見せる。

俺は、先頭に立つのは苦手だからありがたい。

早速《さっそく》、昨日のうちにリーリーと相談して決めた設計図を元に道が作られていく。

エリアの中央には別荘のログハウスを建て、その周りには薬草畑を作る。

そして、薬草畑を行き来する機能的な道を作り、その道を森林区画まで延ばして散歩道を作る予定だ。

手伝ってくれるプレイヤーたちが次々と作業を始める。

「はぁぁっ――《エクスプロージョン》！」

『『『――《エクスプロージョン》！』』』

始まったのは、魔法使《まほうつか》いたちによる爆破《ばくは》作業だ。

草に覆《おお》われた地面を一度、魔法によって更地《さらち》にしてからスコップを持ったリーリーの合成ＭＯＢたちが地面を押し固めて道にしたり、鍬《くわ》で耕して畑にするのだ。

「ああ、俺の草原が……」

「創造の前の破壊《はかい》だな。ユンも手伝いに行けばいいだろう」

「……うん。わかった」

クロードに促《うなが》された俺は、あまり使わない土魔法スキルを使って、草原を更地にする。

普段《ふだん》あまり強力な魔法を使わないので、こうして自由に放てるのは楽しいし、なにより魔法系センスのレベリングになる。

まぁ、実戦に比べれば微々《びび》たるものだが、それでも魔法スキルの回数によって開放される上位スキルもあるので、ＭＰポットを飲みながらどんどん使って行く。

その間、リーリーが中心となった建築班が、最初に別荘《べっそう》のログハウスを作り始める。

そして手の空いている人たちは、別荘の周りの畑を耕して、森林区画に植樹するための苗木を育て始めていた。

「ふぅ、魔法を打つの疲《つか》れたな。今度は、道を敷《し》くの手伝おうかな」

俺が休憩《きゅうけい》ついでに資材置き場に行くと、集められた色も形も不揃《ふぞろ》いな石材を均一な厚さに切って石畳《いしだたみ》用に成形するマギさんがいた。

「ユンくん、こっちに来たんだ！」

「はい。更地にするのは疲れたので、次は道を作ろうかと」

俺は、マギさんたちが作った石材をインベントリに受け取り、中央の別荘予定地から延びる道の一つに石畳を敷いていく。

「えっと、バランスは、こんな感じかな？」

色合いも大きさも様々な石畳をバランスよく道に敷き詰《つ》めていく。

パズルのようにバランスや色合いを考えて石畳を並べていくのが楽しい。

「うーん。この部分は気に入らないなぁ。あっちの石畳と交換《こうかん》するか。――《キネシス》！」

俺は、念動スキルで設置したばかりの石畳を浮かせて、別の石畳と配置を交換して満足のいく道を作り上げていく。

道作りを希望するプレイヤーたちは、俺みたいに凝り性《しょう》なのか、一度配置した石畳が気に入らずに同じように作り直したり、配置する人の個性が道にも表れて味がある。

「こういうものは、俺一人じゃ作れないよなぁ」

説明段階で【個人フィールド】のコンセプトは共有できたが、それでも作り手の個性が表れて、今から完成が楽しみになりつつ、俺は道作りを続けるのだった。

●

個人フィールドの開発作業、三日目――

「凄《すご》いなぁ、もう別荘と薬草畑と道ができた」

個人フィールドがプレイヤーと合成ＭＯＢたちの手によって変えられていく様子に、俺は驚《おどろ》きながら中央区画にできた別荘のログハウスの中に入っていく。

俺好みのこぢんまりとしたログハウスの内装は、吹《ふ》き抜けになっていた。

まだ家具やカーペットなどの装飾《そうしょく》品はないが、夜には冷える高原エリアの環境《かんきょう》で過ごしやすいように黒鉄製のオーブンストーブと排気《はいき》パイプが伸びている。

階段を上がった二階のロフトはベランダに繋《つな》がっており、南側の手付かずの高原が真っ正面に広がっており、遠くでは俺のパートナーのリゥイやマギさんのリクールが平原を駆けているのが見える。

少し視線を手前に移せば、別荘の周りには石畳の道が敷かれ、薬草畑の畝《うね》が見える。

「おーい！　ユンっち、どうかな？」

「リーリー、最高だよ！　みんなもありがとう！」

ベランダから見下ろすウッドデッキには、リーリーをはじめこの別荘を建てた【ヤオヨロズ】の木工師たちや合成ＭＯＢたちがこちらを見上げていた。

俺がお礼を言うと互《たが》いに手を叩《たた》いて喜び合い、作業に協力した合成ＭＯＢを労《ねぎら》っていたりする。

向かって行く。

だが、別荘の完成の喜びに浸る間もなく彼らは、まだ作業が終わっていない他の場所に

俺も別荘から外に出て、全体を管理してくれているクロードに進捗《しんちょく》状況《じょうきょう》を尋《たず》ねる。

「なぁ、クロード。今は、どれくらい進んでるんだ？」

「別荘と道、薬草畑は完成だな。残ったのは、森と花畑になるな」

人海戦術で一気に耕された薬草畑には、森を作るために必要な苗木が育てられている。

最初は、俺が持ち込んだ【植物栄養剤《えいようざい》】を植えた種に与《あた》えて苗木への生長を促進《そくしん》しようとした。

だが、本来希釈《きしゃく》して撒《ま》くはずの物を使用法の伝達が不十分で、原液のまま撒いてしまった。

その結果、植えた樹木の種が苗木を大きく通り越《こ》して、大量の樹木系ＭＯＢに変異して襲《おそ》ってくるハプニングがあった。

まぁ、その場に居合わせた【ヤオヨロズ】のメンバーたちによって瞬《また》く間《ま》に鎮圧《ちんあつ》されたので、事なきを得た。

まぁ、倒《たお》した際に手に入る木材が別荘の建材に使われたのは、余談だ。

そんなハプニングがありつつも順調に苗木の数が揃《そろ》い、昨日から合成ＭＯＢたちによる

植樹が始まっていた。

また、それでも使い切れない広い薬草畑の一角には、【ムーンドロップ】を始めとする花を付ける薬草の種を植えてその周りに持ち込んだ【養蜂箱《ようほう》】を置いておいた。

実験的な意味合いで薬草畑を作り養蜂箱を設置したら、エリア作りに参加してくれたプレイヤーたちがその周りに、余った素材で憩《いこ》いの場所を作ったりもした。

今その場所は、ザクロやリーリーのネシアス、クロードのクツシタが休んでいた。

「それじゃあ、俺も苗木を運んで植樹を手伝うかな」

俺は、畑で育った木々の苗木を掘《ほ》り返して丁寧《ていねい》に麻布《あさぬの》で根を包んで、森林の予定地に運んでいく。

植樹後にも木々に【植物栄養剤】が撒かれているために、一日で植樹した苗木が若木に生長して、林を形成していた。

そんな林の中を通る道を歩いて行くと、植林を手伝ってくれているマギさんやセイ姉《ねえ》たちを見つけた。

「新しい苗木を持ってきました！」

「ありがとう、ユンくん。ちょうど、足りなくなってたところだから！」

そういってマギさんが声を上げる中、一緒《いっしょ》に付いてきたリーリーとクロードは、林を見回す。

「人工臭《くさ》さが抜《ぬ》けてないな」

「手伝っているのが、僕の植林場で働いている合成MOBたちだからね。植林場っぽさが出てるね」

「――えっ？」

そうぼやくクロードとリーリーに俺が驚き振り返り、植樹を手伝ってくれたマギさんたちも思い当たる節があるのか、若干《じやっかん》視線が彷徨《さまよ》う。

「やっぱり、クロードたちもそう思う？　私達もバランス良く色んな種類の苗木を植えてたんだけど、やっぱりそう感じちゃうかぁ」

「そうなんですか？」

俺としては、歩きやすくて、木々の間から光が差し込む明るい林で気持ちがいいと思った。

だが、確かにリーリーと話し合った時に出た森のイメージからは少し離《はな》れている気がする。

「問題点は、地形の起伏《きふく》が少なく、地面も高原の草が残ったままだからな。それに木々も揃いすぎている」

そう言うクロードは、手持ちのスクリーンショットから森林系のエリアの画像を選んで見せてくる。

「OSOのエリア生成は本当に秀逸《しゅういつ》だな。実に自然に森を作り上げている」

映し出される森林には、様々な顔が存在した。

第一の町の東側の森は、大小様々な木々が入り乱れ、石や倒木《とうぼく》などのオブジェクトや細かな起伏が存在したり、小川や池などの自然物もある。

他《ほか》にも、つい先日訪《おとず》れた樹海エリアでは、木々が見上げるほど高く太い。

また木の幹や地面には、苔《こけ》が生えてまた違《ちが》った森林の景色を見せていた。

「まだ若木だから仕方がないけど、こうした方向性やテーマ性がなくて森林を作るから人工的な感じになるのか」

「それで、ユンはどうしたい？　なにか希望はあるか？」

「そうだな……確かに石とか土を盛ってもう少し変化を作ってもいいかも。人工的な要素を減らして、自然と調和した感じにしたいかな。あとちょっとした遊び心とか……」

急な思い付きだが、こうしたらもっと良くなることを理解できたために、マギさんたちや他の手伝ってくれるプレイヤーたちは、不快感を示さずに快く俺の思いに共感してくれた。

「それいいわね！　石は、石畳を作る時のものがあるから、それを上手《うま》い具合に配置していきましょう！」

「では、俺は森林の人工的な感じを減らす要望を他のプレイヤーたちにも伝えて来よう」

作っている最中の思い付きの修正に申し訳なく感じるが、更《さら》に良くなると感じてくれたマギさんたちは、嬉々《きき》として作業しながらも、それぞれが独自の要素を盛り込もうとする。

「悪いんだけど、この建設で余った木材を【錬金《れんきん》】スキルで纏《まと》めてくれないか？」

「うん？　いいけど、どうするんだ？」

作業に加わる【ヤオヨロズ】の彫金師《ちょうきんし》のラングレイが、別荘の建設で余った材木を運び、俺にそう頼《たの》んでくる。

このまま適当な大きさに切り分けてストーブの燃料にでもしようか、と思っていたので、思わぬ提案に聞き返す。

「ちょっと、新しい道を森の中に作りたいんだけど、石の道を延ばすのも味気がないから枕木《まくらぎ》を使おうかと思ってな」

「あっ、それなら私も枕木が欲《ほ》しい。土を運んで作った丘《おか》に登る階段に使いたいかも！」

ラングレイの提案に他の参加しているプレイヤーからも枕木の要望が上がる。

平坦《へいたん》だった地形は、合成ＭＯＢたちによって運び込まれた土石で起伏が作られ、小さく緩《ゆる》やかな丘と森の中に新たに作られた道には、枕木が使われた。

また大量の土石が緩く盛り付けられた丘には、花の種が蒔《ま》かれて近くには【養蜂箱】が置かれた。

合成MOBたちがバランスよく植樹を続ける一方、手伝ってくれるプレイヤーたちは、森の各所に、道作りで余った大小の石材を自然に配置していく。

まだ若木だらけの森ではあるが、最初の人工林的な雰囲気《ふんいき》が少しずつ抜けていく。

それでもまだ、どこか作り物めいた違和感《いわかん》がある。

そんな中、素材集めに出ていたセイ姉ぇとミカヅチが素材を運びながら戻《もど》ってくる。

「ユンちゃん、うちのギルドメンバーが自然を作るなら、オススメの素材を教えてもらったから集めてきたわ」

「オススメの素材？」

「苔のマットだってさ。石とかをただ埋《う》めて配置するだけだと単調になるから、これ使えってさ」

ミカヅチがインベントリから取り出したのは、苔の生《お》い茂《しげ》る地面から剝《は》がしてロール状に纏めた苔の塊《かたまり》だ。

「使い方は、千切ったりして色んなところに貼《は》り付けるだけらしい。そうすれば、苔が繁《はん》殖《しょく》して良い感じで自然っぽくなるらしいぞ」

ミカヅチは、森の装飾のための素材の使い方を教えてくれる。

「へぇ～、苔かぁ……どんな感じだろう」

試《ため》しに丸められた苔のマットを広げてみると、鮮《あざ》やかな緑の苔が目に入る。

そして、その苔の表面を撫《な》でると、モフモフとした柔《やわ》らかな手触《てざわ》りが返ってくる。

「あっ、これ気持ちいいかも。草原とはまた違った良さがあるなぁ」

手付かずの高原エリアの草原とは違い、柔らかく沈《しず》んで適度な湿気《しっけ》が涼《すず》しさを与えてくれる苔に俺の心は摑《つか》まれた。

「これいいな！　いろんな所に使ってみたい！」

樹林と苔の調和は、一人では思い付かなかったアイディアだ。

そして、この苔に想像力を刺激《しげき》されて作りたい空間が頭の中に浮《う》かび上がる。

「テラリウムが好きな人ってこんな感じなんだろうな」

俺は、しみじみと呟《つぶや》き、森林区画の修正案をセイ姉ぇやマギさんたちと少しずつ纏めながら、森林区画を作っていく。

そして、森の木々が育つのに合わせて、俺とリーリーには、やらなければいけないことがある。

「リーリー、頼んでいたものはできてるか？」

「バッチリ！　ユンっちが植える木を決めた時から用意してたよ！」

俺とリーリーがとあることについて確認《かくにん》し合っていると、セイ姉ぇが不思議そうに尋ねてくる。

「ねぇ、ユンちゃんとリーリーくんは、何を相談しているの？」

「これから育った【賦活《ふかつ》の蜜樹《みつじゅ》】から樹液を採る準備をしてるんだよ」

リーリーが選んでくれた【賦活の蜜樹】がそれなりに生長したために、樹液の採取を試しにやってみる相談をしていたのだ。

「それ、私も見ていいかな？」

「もちろん！　セイ姉ぇも一緒に行こうか！」

「うん！　見に行こう！　木は特徴《とくちょう》的だからすぐに見つかるよ！」

俺がリーリーと共に石畳《いしだたみ》の道を進むと、リーリーが木々の配置を配慮《はいりょ》してくれたのか、道から見える範囲《はんい》で楓《かえで》のような特徴的な葉っぱを持つ【賦活の蜜樹】が見えた。

「それで、どうやって樹液を集めるんだ？」

「それはね、マギっちに作って貰《もら》ったこれを使うんだ！」

俺が尋《たず》ねるとリーリーは、インベントリから蛇口《じゃぐち》のようなものを取り出す。

「樹液を採取する【ツリーバルブ】ってアイテムだよ！　これをね、木に挿《さ》しておくんだ。こうやって——」

リーリーは、【賦活の蜜樹】の木の幹にドリルで穴を開けていき、その穴に【ツリーバルブ】を挿し込んでいく。

「木の生長に合わせて【ツリーバルブ】が固定されるからこれで完成だよ！　木に溜《た》まっていく樹液は、数日毎《ごと》に蛇口を捻《ひね》れば取り出せるんだよ！」

ほら、と言いながら、リーリーは俺の目の前で【ツリーバルブ】の蛇口を捻ってみせる。

まだ若木になってそれほど時間が経《た》っていないために、少ししか出ないが水のような樹液がほんの少し出てくるので、それを保存容器に集める。

「リーリーくんが、マギちゃんに作って貰った、って他にも使い道があるの？」

「あるよ。【ジェイド結晶樹《けっしょうじゅ》】の樹液を集める時は、それ専用の樹にツリーバルブを挿して集めているんだ！」

【ジェイド結晶樹】の樹液は、黒紫色《くろむらさきいろ》をしており、放《ほう》っておくと結晶化するので中々に集めるのが大変だ。

以前は、枝や幹を傷つけて、そこから染《し》み出す小さな結晶化した樹脂《じゅし》を集めていたが、今では【ツリーバルブ】を挿して大きな容器で樹液を集めているそうだ。

容器の底に溜まった樹液が固まった大きな塊になるので、必要に応じて割って売ったりしているらしい。

「他にも木工に使うワックスや接着剤《せっちゃくざい》、滑《すべ》り止めなんかには、樹木の樹液を加工した樹脂アイテムを使ったりするんだよ」

「へぇ、そうなのか……」

リーリーにとっては、とても馴染《なじ》み深い素材らしく、俺が感嘆《かんたん》の声を上げてセイ姉ぇはニコニコと相槌《あいづち》を打ちながら話を聞いている。

「それじゃあ、他の【賦活の蜜樹】の場所にもツリーバルブを付けて行こう！」

「そうだな。少しだけでも樹液を集めて試しに【賦活の褐色蜜《かっしょくみつ》】を作ってみようか。それに、薬草畑と花畑に設置した【養蜂《ようほう》箱】を確認しないと」

薬草の近くにある養蜂箱のハチミツは、【賦活の褐色蜜】と同じように調合の素材にも使えるらしいので、新たな素材が気になる。

「ハチミツが採れたら、蜂蜜《はちみつ》酒にするためにミカヅチが欲しがるでしょうね」

セイ姉ぇがふふっと楽しげに笑いながら、樹液を集めて養蜂箱の確認に向かう。

まずは、花畑に設置した養蜂箱を見ると、どこから来たのか蜜蜂《みつばち》が住み着いており花畑を飛び回って花粉や花の蜜を集めていた。

「ハチミツはできてるかな？」

俺が設置した養蜂箱の上蓋《うわぶた》を開けて、そっと箱の中に並んだ巣枠《わく》の一つを持ち上げる。

「おっ、ちゃんとできてるな」

俺は、包丁を取り出し、巣枠から蜂の巣を削《そ》いで取り出す。

「ユンっち、それがハチミツだよね。舐《な》めさせせくれる？」

「私も、味見していいかしら？」

「いいよ、はい」

俺は、取り出した蜂の巣の表面を削ぎ、垂れたハチミツをセイ姉ぇとリーリーが指で舐め取り、幸せそうに目を細める。

「これは、【百花ハチミツ】みたいだな？」

「百花ハチミツ？」

「まぁ、色々の花粉から作られるハチミツってことだな。おっ、こっちの巣枠は違《ちが》うのか」

俺は、別の巣枠を取り出すと、透明度《とうめいど》が高いハチミツだった。

まるで水飴《みずあめ》のような蜂の巣を切り出すと、【ムーンドロップの花露《はなつゆ》】を吸って作ったのか、【月光蜜】と言う名前になっていた。

後日調べたが、【ムーンドロップの花露】を素材として使うよりも【月光蜜】の方が

【蘇生薬《そせい》】の解除素材としての性能が高いようだ。

そして、また別の巣枠からは――【万紅《ばんこう》ハチミツ】を採取することができた。

【万紅ハチミツ】は、解毒草などの薬草の花粉を素材にして作られ、複数の状態異常《バッドステータス》の回復効果を高めることができるらしい。

「これは、万能薬の追加素材に使えそうだな」

状態異常回復薬にアルコールを加えて生まれる薬効成分の混合結晶から作られる【汎用《はんよう》ポーション】や【精神ポーション】などの複合状態異常回復薬を更に改良することができるかもしれない。

「そうなんだ。万能薬ができたら、私に売って欲しいな」

セイ姉ぇの言葉に俺は、苦笑《くしよう》を浮かべながら頷《うなず》きながら、リーリーとセイ姉ぇと共に他の養蜂箱を開けていく。

設置した養蜂箱の中は、5割近くが食材アイテムの【百花ハチミツ】であり、残り4割がムーンドロップの花露から作られる【月光蜜】と解毒草などの花粉から作られた【万紅ハチミツ】。

そして最後の1割は、見慣れた琥珀色《こはくいろ》のハチミツ――【妖精郷の花王蜜《ようせいきょうのハニークラウン》】だった。

「あははっ、まさかイタズラ妖精から分けて貰っていた【妖精郷の花王蜜《ようせいきょうのハニークラウン》】が自分で作れ

るとは……」

そう言って、イタズラ妖精の指導を受けて【アトリエール】の薬草畑に設置した【養蜂箱】も確認すると単一の植物が近くにあるために、こちらは【万紅ハチミツ】だけを狙《ねら》って作り出せるようだ。

「それじゃあ、俺は、集めた樹液と蜂の巣の処理をしてくるな」

「ユンちゃん、行ってらっしゃい。待っているわ」

「ユンっち、僕たちは残りの森林区画の手伝いをしてくるね！」

そうして、俺一人が【アトリエール】に戻《もど》り、成分濃縮機《のうしゆくき》に【賦活の蜜樹】の樹液を掛《か》けて濃縮し、蜂の巣は【二乃椿《にのつばき》の種油】を絞《しぼ》るために使う圧搾機《あつさく》を使ってハチミツを絞り出す。

集まったハチミツは、種類毎に瓶詰《びんづ》めして、残った絞りかすの蜜蝋《みつろう》は、軟膏《なんこう》系アイテムに使うので大事に固めて残しておく。

個人フィールド作りを手伝ってくれたマギさんたちやセイ姉ぇたち、ミカヅチたちのギルド【ヤオヨロズ】のメンバーにお礼として、【蘇生薬・改】を10本と小瓶に詰めたハチミツを渡《わた》した。

案の定ミカヅチは、蜂蜜酒作りのために一旦《いったん》作業から抜《ぬ》けたりと色々あった。

個人フィールド作成を通して、プレイヤー同士が互《たが》いに交流しつつ、夏休みが終わる前に北東の森林区画が完成したのだった。

終章　夏の終わりと個人フィールド

夏休みの終わりが近づく中、【個人フィールド】を完成させた俺たちは、マギさんたちやセイ姉《ねぇ》とミカヅチの【ヤオヨロズ】の協力してくれたプレイヤーたちと完成の打ち上げで宴会《えんかい》を開いた。

その際、クロードが物見櫓《やぐら》から定点観測していた作業風景を倍速編集した動画が流れた。

「凄《すご》い……これが俺たちが作り上げた個人フィールドなんだ」

最初はなにもない草原だったのが、地表のプレイヤーや合成ＭＯＢたちが動き石を敷《し》いて道が作られ、時には石の配置が気に入らないために、一度壊《こわ》して再設置したりを繰《く》り返して少しずつ道が延びていた。

他《ほか》にも、別荘《べっそう》が組み上げられる様子は楽しく、プレイヤーが作業していない夜間の個人フィールドでも高原エリアの澄《す》んだ空気と夜空の星々が輝《かがや》き、地表では薬草畑に植えた青白く輝くムーンドロップが幻想《げんそう》的な光景を作り出していた。

薬草畑で作られた苗木《なえぎ》が森林区画に運ばれて植樹され、途中《とちゅう》から土石を運んで地形に起《き》伏《ふく》が作られ、森林が徐々《じょじょ》にできる様子を俯瞰《ふかん》視点で見るのが面白《おもしろ》かった。

盛り土がされた丘《おか》で次々に咲《さ》いていく花畑の様子は、近くで見る光景とは違った感動があった。

俺は、クロードからその編集された動画を貰い、夏休みが終わるまでの間に何度も見返してしまった。

そうして完成した【個人フィールド】をミュウやタクたち、エミリさんとレティーアたちに見て貰いたくて、フレンド限定で出入りする扉《とびら》の通過をフリーパスにする。

【アトリエール】に扉を設置しているので、時間があれば見に来て楽しんで欲しいことを伝えた。

そして、夏休みが終わる数日前に――俺とセイ姉ぇは、ミュウにこの個人フィールドを案内していた。

「うわぁぁあっ、凄い広い！　これがユンお姉《ねえ》ちゃんの個人フィールドなんだ」

ミュウは物珍《ものめずら》しそうに別荘のログハウスに駆《か》け上がり、二階のベランダの手摺《てす》りから身を乗り出して手付かずの草原を見渡している。

薬草畑に植えられたムーンドロップの周りには養蜂箱から飛び立つ蜜蜂たちがせっせと花粉や花の蜜を集めていた。

「ユンお姉ちゃん、セイお姉ちゃん、おーい！」

「ミュウ！　他にも紹介《しょうかい》したい場所があるんだから降りてこい！」

「はーい！」

俺が一階のウッドデッキから声を掛けると、ミュウが元気のいい声を上げてドタバタと音を立てて降りてくる。

「もう、ユンお姉ちゃんもセイお姉ちゃんもズルいよ！　広い個人フィールドを作るなんて面白そうなこと黙《だま》ってるなんて！」

「ふふっ、ごめんね。でも、ミュウちゃんだって、やることがあったでしょ？」

セイ姉ぇがそう言葉を返すとミュウは、むぅと頰《ほお》を膨《ふく》らませる。

「ミュウのやること？　まさか、夏休みの宿題、残したままとか……」

「それは違うよ！　もう終わったし！　分からない問題は、ルカちゃんたちにも教えてもらったから！」

それは、大丈夫《だいじょうぶ》とは言わない気がする。

ルカートたちに迷惑《めいわく》掛けていないだろうかと心配になる。

ただ、夏休みの宿題ではないとすると、ミュウのやることとは何だろう。

前にミュウが交換《こうかん》したいクエストチップのアイテムを聞いた時、秘密にされたが、それの関係だろうか。

「ミュウちゃんは、後でちゃんと教えてくれると思うから今は、案内しましょう」

「ああ、わかった。ミュウ、こっちだよ」

俺が指差し、森林区画の方に延びる石畳《いしだたみ》の道を進むと、ミュウは白っぽい色合いの石だけを踏《ふ》んで付いてくるので、その子供っぽさに俺とセイ姉ぇから笑《え》みが零《こぼ》れる。

「ここがユンお姉ちゃんの森なんだ。癒《い》やしのオーラたっぷりだね！」

ミュウが両手を広げて、深呼吸しながら、物珍しそうに森を見回す。

「ユンお姉ちゃん、セイお姉ちゃん。あれはなに？」

「あれは、セイ姉ぇとミカヅチたちが提供してくれた素材で作った管理用の合成ＭＯＢだよ」

ウッド・ドールを始めとする人型の合成ＭＯＢを採用した。

彼らに指示を出しておけば、【養蜂箱】の蜂の巣と【賦活《ふかつ》の蜜樹】の樹液を回収して別荘のアイテムボックスに入れてくれる。

この回収方法は、同じ個人フィールドで植林場を作るリーリーからのアイディアだ。

「あっ、果樹もある！　ねぇ、取って食べていい？」

「景観用に植えたやつだけど、いいよ」

果樹は、【アトリエール】の薬草畑にもある【山岳《さんがく》リンゴ】や【サムヤマブドウ】なども植えている。

ミュウに許可を出すと、喜んで枕木《まくらぎ》の敷かれた小道を歩き果物を幾《いく》つか捥《も》ぎ取って食べ歩きする。

他にも景観用として薬草系の種も蒔《ま》いているので、森の所々に群生地が誕生している。

「はっ、そうだ！　ユンお姉ちゃん！　このリンゴと養蜂《ようほう》箱で採れるハチミツで焼きリンゴにできないかな⁉　絶対に美味《おい》しそう！」

「それは、美味しそうね。私も食べてみたいわ」

ミュウの思い付きのリクエストとセイ姉ぇの便乗に俺は、苦笑を浮《う》かべながら頷き、和《なご》やかな雰囲気《ふんいき》のまま森を案内していく。

そして、森の中心近くに俺がひっそりと作っていたお気に入りの場所にミュウとセイ姉ぇを案内する。

「ここ。この周りだけは、俺が作ったんだ」

「ユンちゃん、こっそりと何かをしているかと思ったら、ここを作っていたのね」

俺が案内したのは、森の真ん中にポッカリと開く苔《こけ》の広がった広場だ。

中心には、緑色の苔に覆《おお》われた切り株があるだけの空間だ。

「ユンお姉ちゃん、ここなの？　凄い地味だよ」

「いいから、ここに寝《ね》っ転がってみろよ。こうやって仰向《あおむ》けにさ」

俺は、ミュウを促《うなが》すように率先して苔の絨毯《じゅうたん》の上に横になる。

「面白そうね。えいっ」

「セイお姉ちゃんも!?　ううっ、わかった」

俺に続き、セイ姉ぇも真似《まね》して地面に横になると、渋々《しぶしぶ》ミュウも横になる。

だが、ミュウが横になった瞬間《しゅんかん》に、その表情が劇的に変わる。

「おおおっ！　凄い、なにこれ凄い気持ちがいいね！」

「だろ？　苔マットを教えてもらった時からずっと作りたかったんだよ！」

柔《やわ》らかく沈《しず》む苔に包み込まれ、苔と地面が持つ冷たさが気持ちいい。

更《さら》に寝転がった俺たちの正面には、青い空と流れる雲を見上げることができる。

夜になれば、高原エリアの澄んだ空気で輝く美しい星々を見ることもできる。

「ミュウには地味に感じると思うけど、いい場所だろ？」

「そんなことないよ！　確かに、最初はそう思ったけど、癒やされるねぇ」

「本当にね。風の音も心地《ここち》いいわ」

俺とセイ姉ぇは、平原を駆ける風が森の木々の葉を揺《ゆ》らす音に聴《き》き入り、ミュウに目を向けると既《すで》に目を閉じてこの空間を全身で味わおうとしている。

しばし無言で苔の広場を味わった後、起き上がった俺たちは、最後の場所に辿《たど》り着く。

「この先が、花畑だよ」

土を盛って草花の種を蒔いた花畑の丘には、色取り取りの花が咲き誇《ほこ》っていた。

そんな丘の天辺には、先客がいた。

「リゥイとザクロは、ここに居たのか。それにイタズラ妖精《ようせい》たちも来てたんだな」

俺のパートナーのリゥイとザクロが、花畑の丘で妖精たちと追いかけっこしていた。

リゥイが軽《かろ》やかに花畑を歩き回り、それをザクロと妖精ＮＰＣ《ノン・プレイヤー・キャラクター》たちが踊《おど》るように楽しげな声を響《ひび》かせながら追い掛けていた。

「うわぁ、メルヘン。それにファンタジー！　可愛《かわい》い！」

そう言ってはしゃぐミユウの声に振《ふ》り返るリゥイとザクロ、妖精たちは、俺たちのところに駆け寄ってくる。

「イタズラ妖精たちが来てたのか。どうだ？　この森と花畑は？」

「ここっていいところだね。森に入れば、果物があるし花畑がある！　あたいたち気に入ったよ！」

イタズラ妖精が満面の笑みを浮かべ、他の妖精たちも頷《うなず》いている。

神出鬼没《しんしゅつきぼつ》な妖精たちが俺の個人フィールドを気に入ってくれたのは、俺にとってメリットがある。

妖精たちが集まって遊ぶ場所には、蘇生《そせい》薬の解除素材である【妖精の鱗粉《りんぷん》】が残される。

そのために、俺の個人フィールドが気に入れられれば、定期的に素材を手に入れる目処《めど》が立つのだ。

まぁ、【妖精の鱗粉】が手に入る代わりに、養蜂箱のハチミツを摘《つ》まみ食いされることがあるが、そこは我慢《がまん》しよう。

ただ純粋《じゅんすい》に、妖精たちの楽しそうな姿を見ているだけでも俺は嬉《うれ》しくなる。

「ねぇねぇ、あたいたちと追いかけっこして遊ぼうよ！　あたいたちを捕《つか》まえられたら勝ちだよ！」

「「にげろー！」」

「よーし、私が捕まえるよ！」

そう言って、一方的に遊び始める自由な妖精たちとその妖精を追ってミュウが花畑を走り回る。

俺は舞《ま》い上がる花弁を見ながら、一人ではここまで作れなかっただろう【個人フィールド】の花畑の景色を目を細めて眺《なが》めるのだった。

●

「あー、楽しかったー！」

「「「楽しかったねー！」」」

ミュウとイタズラ妖精たちが、花畑での追いかけっこを一頻《ひとしき》り楽しんだ後、【アトリエール】に戻《もど》ってリクエストされた焼きリンゴを作る。

芯《しん》をくり抜《ぬ》いた【山岳リンゴ】にバターとハチミツを詰《つ》めていき、上からシナモンを少し掛《か》けてオーブンで焼き上げた。

飲み物は、キョウコさんが淹《い》れてくれたお茶に【賦活の蜜樹】の樹液を成分濃縮機《のうしゅくき》で濃縮した【賦活の褐色蜜《かっしょくみつ》】。

それを更に濃縮してできた結晶《けっしょう》の【賦活の褐色糖】を紅茶に溶《と》かして飲んだ。

「おー、さっきお願いした焼きリンゴ！　いただきまーす！」

ミュウは、スプーンで崩《くず》せるほど柔らかくなった焼きリンゴを掬《すく》って食べる。

セイ姉《ねえ》も焼きリンゴを口にして、幸せそうに微笑《ほほえ》んでいる。

「ユンちゃん、美味しいわ。ありがとう」

「どういたしまして。さて、それじゃあ――」

俺は、リゥイとザクロ、イタズラ妖精たちが食べやすいように角切りにした焼きリンゴを皿に盛り付けた後、ミュウに目を向ける。

「そろそろ教えてくれてもいいんじゃないか？　俺の【個人フィールド】を案内した後なんだから」

「ほえっ、教える？　何の事？」

「何の事って……ミュウがクエストチップで何を交換したかだよ」

セイ姉ぇやマギさんはミュウがクエストチップで何のアイテムと交換したのか知っているらしく、俺だけが知らないのは少し寂《さび》しく思う。

「うん！　覚えてる！　覚えているよ、ユンお姉《ねえ》ちゃん！」

「ミュウ、忘れてなかった？」

「そ、そんなことないよ……」

俺がミュウにジト目を向けるが、目が泳いでいる。

俺が全くと溜息《ためいき》を吐《は》き出し、セイ姉ぇが俺たちのやり取りを見てクスクスと笑っている。

「それじゃあ、私がクエストチップで何を交換したか教えるから付いてきて！」

俺の【アトリエール】にある転移オブジェクトの【ミニ・ポータル】を使ってどこかに

移動しようとしている。

敵MOBのいるエリアで交換した戦闘《せんとう》向けのアイテムを実演するのだろうか、と思っていると、ミュウと共に俺とセイ姉ぇはどこかへ転移する。

そして、転移した先は、どこかの建物の中だと思う。

一階は、広い吹《ふ》き抜けになっており、一階と二階にはそれぞれ個室の扉《とびら》がある。

建物の窓から外を見れば、平原が広がっているので、町中の建築物ではないらしい。

「ミュウ、ここはどこだ？」

平原の真ん中に建つ住居というエリアは、俺の記憶《きおく》の中には存在しない。

更に【空の目】で窓から見える平原を見渡《みわた》せば、敵MOBもいない。

まるで――俺が【個人フィールド】を手に入れた直後のようだ。

「まさか……ミュウも【個人フィールド所有権】と交換したのか!?」

「ぶっぶー。惜《お》しい！　正解は――【ギルドエリア所有権】と交換したんだよ！」

そう言って、答えを明かすミュウに俺が驚《おどろ》き、隣《となり》のセイ姉ぇは変わらず楽しそうに微笑んでいる。

「えっ？　でも、ミュウってギルドに入ってないよな」

いつもルカートたちと固定パーティーを組むか、固定パーティーが組めない時は、ソロや知り合いでパーティーを組んだりしている。

「それはね、私たちで新しくギルドを作ったんだよ！」

そう言って自慢《じまん》するように両手を広げたミュウの声を聞き付け、二階の扉が開く。

「あっ、ミュウさん、おかえりなさい。ユンさんとセイさんを招いたんですね」

二階の手摺《てす》りから覗《のぞ》き込むルカートが俺たちに挨拶《あいさつ》をくれる。

その声を聞き付けて、他《ほか》の部屋からもこの家に居たヒノやトウトビ、コハク、リレイたちも顔を出してくる。

「全員揃《そろ》ったし、改めてユンお姉ちゃんに紹介《しょうかい》するね。ここは、ギルド【白銀の女神《めがみ》】のギルドエリアとホームだよ！」

ミュウは、ルカートたちと共に身内ギルドを建てたようだ。

「なんて言うか、凄《すご》い今更感があるけど、どうしてギルドを？」

「えっとね。ユンお姉ちゃんの【アトリエール】みたいなホームや【ヤオヨロズ】のギルドエリアを見て、欲《ほ》しくなっちゃった」

えへへっ、と笑うミュウにルカートたちが色々と話してくれる。

「六人でクエストチップを出し合って、一番小さいサイズの【ギルドエリア所有権】と交《こう》換《かん》したんですよ。それにギルド設立クエストで【ギルド証】も取りに行きましたね」

「僕は、【海賊王《かいぞく》の秘宝】で手に入れた【戦士の追憶《ついおく》】とか【モノリス・カリキュレーター】を設置する訓練場が欲しかったんだよね！」

ルカートはギルド設立までを説明してくれて、ヒノは自分の実力を試《ため》せる訓練所を作れて嬉しそうに語ってくれる。

「……私は、その、集めた小物アイテムを飾《かざ》る、自分の部屋とか欲しかったです」

「せやな。集めたアイテムを飾る他にも、この一年で貯《た》まったアイテムを仕舞《しま》う場所も欲しかったんや」

気恥《きは》ずかしそうに答えるトウトビはちらちらと自分の部屋の扉に目を向け、コハクはインベントリに貯まる不要アイテムの扱《あつか》いをぼやく。

なんとなく、トウトビとコハクの気持ちが分かり、相槌《あいづち》を打つように頷く。

「ふふふっ、これで誰《だれ》にも邪魔《じゃま》されずに可愛い美少女を部屋に招いて、楽しい一時を過ごせますね。どうです？　ユンさんとセイさんは、私の部屋に来ませんか？」

「あんたのいる危険な部屋に、近づけさせるわけないやろ！」

リレイが俺たちを誘《さそ》うために一歩踏《ふ》み出すが、その前にコハクがリレイの服の後ろを摑《つか》んで物理的に俺たちとの距離《きょり》を取る。

相変わらずの様子に笑いが起こるが、ふとした拍子《ひょうし》にミュウが憂鬱《ゆううつ》そうに溜息を吐き出す。

「私たちのギルドとギルドエリアを作ったんだけど、もうじき夏休みが終わるんだよねぇ……」

「だよね。折角作ったホームを拠点《きょてん》にして、色んな所に冒険《ぼうけん》しに行きたいのに、また学校が始まるんだよね」

そんな憂鬱そうなミュウに対してヒノも相槌を打つように答えれば、他のみんなは困ったように笑いつつも、やはり楽しい夏休みが終わることに寂しさを覚えているようだ。

その気持ちは俺もセイ姉ぇも同じだから、ミュウたちに提案する。

「夏休みが終わるまでもう少し時間があるし、まだまだ楽しめるんじゃないのか？」

「そうね。夏のイベントが終わっても、ＯＳＯ一周年アップデートは続くんだから、まだまだ楽しめるはずよ」

俺とセイ姉ぇからの言葉に寂しそうなミュウは、ハッとした表情になる。

「そうだよね！　まだ時間があるんだから、最後まで遊ばないと！　ねぇ、今から行ける所へ冒険しに行かない？」

「ふふふっ、それならユンさんとセイさんも一緒《いっしょ》に楽しめる冒険に行きませんか？　女の子が多い方が楽しいですよね」

「リレイの理由は不純やけど、私もセイさんとユンさんが一緒に冒険に行くのは賛成や」

イベント最後の追い込みを楽しもうとするミュウ。そして、リレイの提案で俺とセイ姉ぇもその冒険に誘われる。

ミュウたちも俺たちが加わるのを歓迎《かんげい》している。

「ありがとう、みんな。それじゃあ、お言葉に甘えて私も付いて行こうかしら」

「最近は、【個人フィールド】作りばっかりだったし、俺も一緒に加えさせてもらおうかな」

俺がそう答えるとミュウは、俺とセイ姉ぇの手を取り、引っ張るように歩き出す。

「やったー！　ユンお姉ちゃんとセイお姉ちゃんと冒険だー！　それじゃあ、行こうか！」

「ミュウさん、待ってください！　まだ行き先を決めてませんよ！」

慌《あわ》てて止めようとするルカートの声に苦笑《くしょう》を浮《う》かべる俺とセイ姉ぇは、残り少ない夏の思い出を作るために、冒険に出かけたのだった。

—ステータス—

NAME：ユン
武器：黒乙女《くろおとめ》の長弓《ながゆみ》、ヴォルフ司令官の長弓
副武器：マギさんの包丁、肉立ち包丁・重黒《じゅうこく》、解体包丁・蒼舞《そうぶ》
防具：CS《クロード・シリーズ》No.6オーカー・クリエイター（夏服・冬服・水着）

アクセサリー装備容量（3／10）
・フェアリーリング（1）
・身代わり宝玉の指輪（1）
・射手の指貫《ゆびぬき》（1）

予備アクセサリーの一覧
・夢幻《むげん》の住人（3）
・園芸地輪具（1）

・土輪夫《ドワーフ》の鉄輪（1）

所持ＳＰ《センス・ポイント》54

【魔弓《まきゅう》Ｌｖ40】【空の目Ｌｖ44】【看破Ｌｖ50】【剛力《ごうりき》Ｌｖ16】【俊足《しゅんそく》Ｌｖ41】【魔道Ｌｖ46】

【大地属性才能Ｌｖ32】【付《ふ》加術士《かじゅつし》Ｌｖ22】【念動Ｌｖ20】【料理人Ｌｖ27】【潜伏《せんぷく》Ｌｖ12】

【急所の心得Ｌｖ18】

控《ひか》え

【弓Ｌｖ55】【長弓Ｌｖ45】【調薬師Ｌｖ38】【装飾師《そうしょくし》Ｌｖ13】【錬成《れんせい》Ｌｖ20】【調教師Ｌｖ13】

【泳ぎＬｖ25】【言語学Ｌｖ28】【登山Ｌｖ21】【生産職の心得Ｌｖ40】【身体耐性《たいせい》Ｌｖ5】

【精神耐性Ｌｖ15】【先制の心得Ｌｖ20】【釣《つ》りＬｖ10】【栽培《さいばい》Ｌｖ20】【炎熱《えんねつ》耐性Ｌｖ1】

【寒冷耐性Ｌｖ1】

・【エキスパンション・キットI】によって【黒乙女の長弓】が強化された。

・【蘇生薬《そせい》】を改良し、【蘇生薬・改】を作り出すことに成功した。

・銀のクエストチップ75枚を消費して、【個人フィールド所有権】と交換した。
・個人フィールドに【ムーンドロップ】と【賦活《ふかつ》の蜜樹《みつじゅ》】を栽培、養蜂《ようほう》箱を設置して、関連するアイテムが定期的に採取可能となった。
・個人フィールドに【フェアリー・サークル】が発生し、妖精《ようせい》NPCが訪《おとず》れるようになり、【妖精の鱗粉《りんぷん》】を落としていくようになった。

あとがき

初めましての方、お久しぶりの方、こんにちは。アロハ座長《ざちょう》です。

この本を手に取って頂いた方、担当編集のOさん、新しく作品のイラストを担当して下さったｍｍｕ《エムエムユー》様、また出版以前からネット上で私の作品を見て下さった方々に多大な感謝をしております。

ＯＳＯシリーズは、現在ドラゴンエイジにて羽仁倉雲《はにくらうん》先生作画によるコミカライズ版を掲載《けいさい》しております。コミカルでキュートなコミック版のユンたちの活躍《かつやく》や可愛《かわい》い姿を見ることができます。

ＯＳＯ１周年の大型アップデート後編の19巻を楽しんで頂けたでしょうか。

今巻も様々なゲームの要素を参考にさせていただきました。

怪盗《かいとう》団ＮＰＣに対する追いかけっこと隠《かく》れん坊《ぼう》は、『ウォッチドッグス』というゲームを参考にしました。

『ウォッチドッグス』というゲームは、ハッカーとなったプレイヤーが相手の携帯《けいたい》のデータを盗《ぬす》むために近づき、ハッキングを仕掛《しか》けた後に一定時間見つからずに過ごせれば勝利するという隠れん坊アクションゲームです。

見つからないように建物の死角に隠れるか、人混みに紛《まぎ》れてごく自然なNPCの振《ふ》りをしてやり過ごすか、侵入《しんにゅう》経路が限定された場所に立て籠《こ》もって捕《つか》まらないようにするか、など様々な戦法でハッキングを成功させようとします。

オンラインモードでは、ハッキングされる側も生身のプレイヤーなので、様々な方法でハッキングを仕掛けたプレイヤーを見つけ出して勝利しようとします。

そのゲームを通して、生身の人間同士の心理戦が繰《く》り広《ひろ》げられるのが、このゲームの面《おも》白《しろ》い所でした。

最初OSOでは、市街地エリアでのPVPやGVGを想定した濃密《のうみつ》なプレイヤー同士の心理戦や駆《か》け引《ひ》き、立地を利用した戦法などを考えておりました。

ですが、折角の大型アップデートなのに、いつでもできるPVPやGVGをやらせるのは勿体《もったい》ないな、と感じました。

その結果、テレビ番組『逃走中《とうそうちゅう》』の要素とルールを盛り込みつつ、コミカルで多様な隠れ方や逃《に》げ方をする怪盗団NPCを捕まえるハンティングゲームとしての遊びを提供できたのではないか、と思います。

そんな様々な遊び方を参考にして、取り込んでいくOSOというゲームを描《えが》くのは大変ですが、まだまだこの世界を広げていきたいと思います。

これからも私、アロハ座長をよろしくお願いします。

最後にこの本を手に取って頂いた読者の皆様《みなさま》に、改めて感謝を申し上げます。

二〇二〇年　十月　アロハ座長

富士見ファンタジア文庫

Only Sense Online 19

—オンリーセンス・オンライン—

令和2年11月20日　初版発行

著者——アロハ座長《ざちよう》

発行者——青柳昌行

発　行——株式会社KADOKAWA

〒102-8177

東京都千代田区富士見2-13-3

0570-002-301（ナビダイヤル）

印刷所——株式会社暁印刷

製本所——株式会社ビルディング・ブックセンター

ISBN978-4-04-073303-6 C0193　◇◇◇

騙しあい。

各国がスパイによる戦争を繰り広げる世界。任務成功率100%、しかし性格に難ありの凄腕スパイ・クラウスは、死亡率九割を超える任務に、何故か未熟な7人の少女たちを招集するのだが——。

シリーズ
好評発売中！

ファンタジア文庫

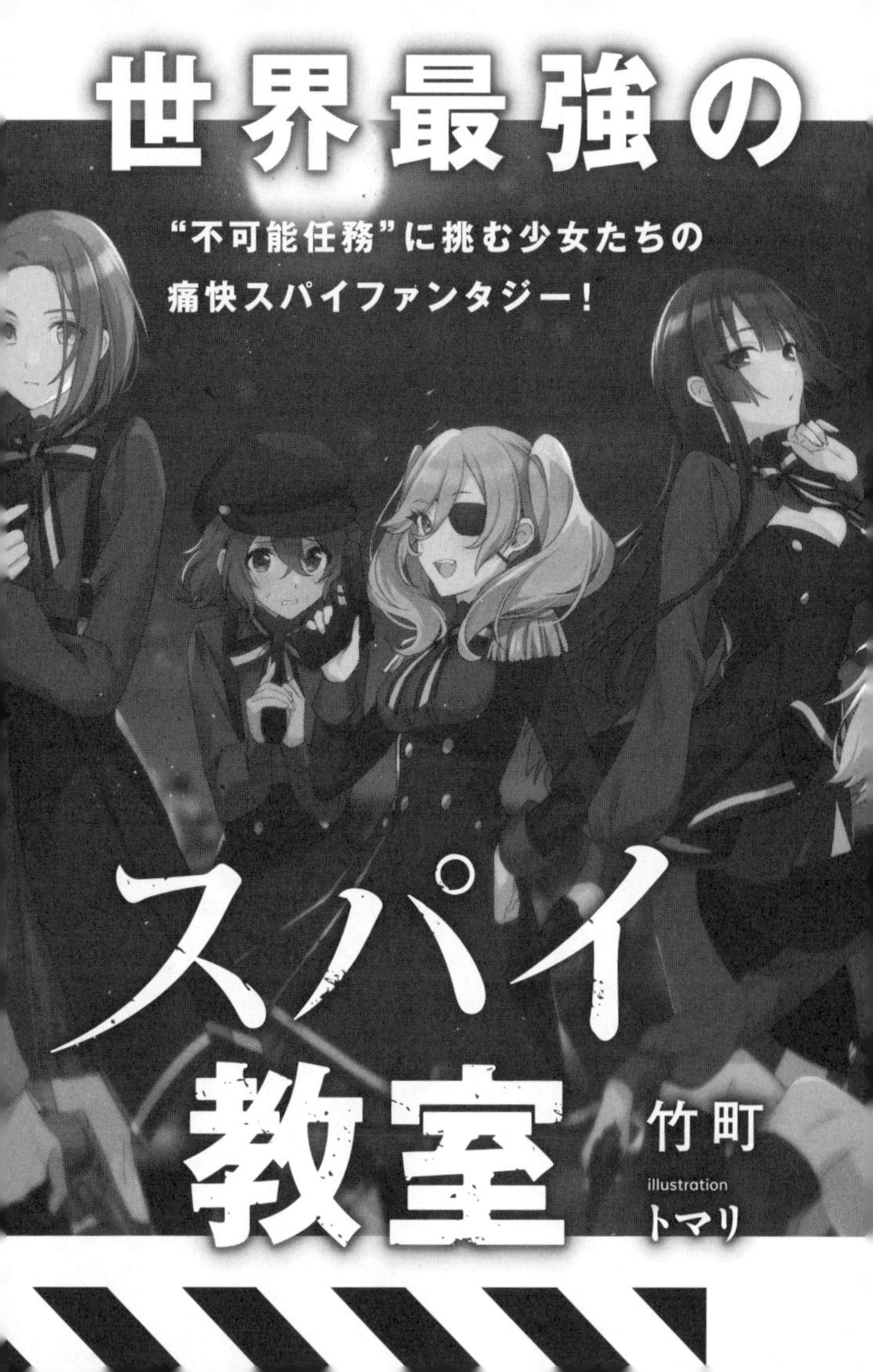
世界最強の
“不可能任務”に挑む少女たちの
痛快スパイファンタジー！
スパイ教室
竹町
illustration
トマリ

ファンタジア文庫
イスカ
帝国の最高戦力「使徒聖」の一人。争いを終わらせるために戦う、戦争嫌いの戦闘狂
女と最強の騎士
二人が世界を変える——
帝国最強の剣士イスカ。ネビュリス皇庁が誇る魔女姫アリスリーゼ。敵対する二大国の英雄として戦場で出会った二人。しかし、互いの強さ、美しさ、抱いた夢に共鳴し、惹かれていく。たとえ戦うしかない運命にあっても——
シリーズ好評発売中！

細音啓が紡ぐ新たなるヒロイックファンタジー
細音啓
イラスト
猫鍋蒼
キミと僕の最後の戦場、あるいは世界が始まる聖戦
the War ends the world / raises the world
アリスリーゼ
帝国と対立しているネビュリス皇庁の第２王女で強力な氷の星霊を使う「氷禍の魔女」
至高の魔
敵対する

ティナ
四大公爵家の
ひとつ、ハワード家に
生まれた公女殿下。
なぜか誰でも扱える
程度の魔法すら使う
ことができない。
変える
はじめましょう
アレン
公爵令嬢ティナの
家庭教師を務める
ことになった青年。魔法
の知識・制御にかけては
他の追随を許さない
圧倒的な実力の
持ち主。
発売中!

この少年のすべてが
天上優夜《てんじょうゆうや》
異世界でレベルアップした結果、最強の身体能力を手に入れた少年
シリーズ好評発売中！

異世界でチート能力《スキル》を手にした俺は、現実世界をも無双する

～レベルアップは人生を変えた～

I got a cheat ability in a different world, and became extraordinary even in the real world.

チートすぎる

著：美紅
イラスト：桑島黎音

幼い頃から酷い虐めを受けてきた少年が開いたのは『異世界への扉』だった！ 初めて異世界を訪れた者として、チート級の能力を手にした彼は、レベルアップを重ね……最強の身体能力を持った完全無欠な少年へと生まれ変わった！ 彼は、2つの世界を行き来できる扉を通して、現実世界にも旋風を巻き起こし——!? 異世界×現実世界。レベルアップした少年は2つの世界を無双する！

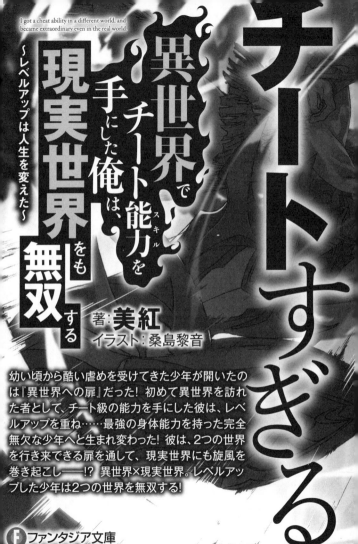